Le journal d'un f

ŒUVRES PRINCIPALES

Les âmes mortes
Les joueurs
Le Revizor
Les soirées du hameau
Tarass Boulba
Vij

Récits de Pétersbourg :
Le manteau
Le journal d'un fou
Le nez
La perspective Nevsky
Le portrait

Nicolas Gogol

Le journal d'un fou

suivi de

Le portrait

et

La perspective Nevsky

Traduit du russe
par Boris de Schloezer

Librio

Texte intégral

LE JOURNAL D'UN FOU

Le 3 octobre

Il s'est produit aujourd'hui un événement extraordinaire. Je me suis levé assez tard ce matin, et, lorsque Mavra m'apporta mes bottes cirées, je lui demandai l'heure. Ayant appris que dix heures avaient déjà sonné depuis longtemps, je me hâtai de m'habiller. J'avoue que j'aurais préféré ne pas aller au Ministère, prévoyant la mine renfrognée qu'allait me faire notre chef de bureau. Il y a déjà longtemps qu'il me dit : « Quel gâchis as-tu donc toujours dans la tête, mon ami ? Tu te démènes parfois comme un forcené, et il t'arrive d'embrouiller à tel point les dossiers que le diable lui-même ne pourrait s'y reconnaître. Tu oublies dans le titre les majuscules et n'indiques ni la date, ni le numéro. »

Maudit héron ! il m'envie certainement, parce que je suis installé dans le bureau du directeur, où je taille des plumes pour Son Excellence.

Bref, je ne serais pas allé au Ministère n'eût été l'espoir que j'avais de voir le caissier et de réussir peut-être à arracher à ce Juif une avance sur mes appointements. En voilà encore un type, celui-là ! Qu'il consente jamais à payer d'avance l'argent du mois ! Seigneur mon Dieu ! vous attendriez plutôt jusqu'au Jugement dernier. Vous aurez beau l'implorer, crevez si vous voulez, soyez dans la dernière misère, il ne vous donnera rien, ce vieux singe. Et chez lui, sa propre cuisinière lui flanque des gifles : le monde entier le sait.

Je ne vois pas les avantages que peut offrir un Ministère : on y gagne fort peu. Ah ! dans l'Administration Provinciale, à la Chambre des Comptes ou à la Trésorerie, c'est tout autre chose. Regardez celui-ci qui griffonne, terré dans son coin ! Un vilain petit frac, une face qui vous donne envie de cracher ; mais voyez un peu la villa qu'il loue ! N'essayez pas de lui offrir une tasse de porcelaine dorée : « C'est tout juste bon pour un médecin », dit-il. Il lui faut au moins une paire de trotteurs, ou bien une voiture, ou bien un col de castor dans les trois cents roubles. Il est humble d'aspect et parle d'un ton délicat : « Voulez-vous bien me prêter votre petit canif pour tailler cette plume. » Et, pour finir, il vous dépouille un solliciteur jusqu'à la chemise.

Il est vrai, d'autre part, que nos bureaux sont plus convenables ; il y règne une propreté que l'Administration Provinciale ne connaîtra jamais ; les tables sont en acajou et tous les chefs se vouvoient. Oui, je l'avoue, n'eût été ce ton poli, il y a déjà longtemps que j'aurais abandonné le Ministère.

J'endossai mon vieux manteau et pris mon parapluie, car il pleuvait à verse. Il n'y avait personne dans les rues, sauf quelques femmes du peuple qui passaient, leurs jupons relevés sur la tête. Quelques marchands russes munis de parapluies et des garçons de bureau me tombèrent également sous les yeux. Quant aux nobles, je n'en aperçus qu'un seul, un des nôtres, un fonctionnaire. Je le vis à un carrefour. Aussitôt je me dis : « Ah ! ah ! Non, mon garçon, ce n'est pas au Ministère que tu vas, tu te hâtes derrière celle-ci qui court devant toi, et tu regardes ses petits pieds. »

Ah ! quelles rusées canailles nous faisons, nous autres fonctionnaires ! Dieu m'est témoin, nous ne le cédons en rien aux officiers, quels qu'ils soient : une petite, bien nippée, vient-elle à passer, elle est aussitôt accostée par un des nôtres.

Tandis que je songeais à cela, je vis une voiture s'arrêter à la porte du magasin devant lequel je passais. Je la reconnus immédiatement : c'était la voiture de notre directeur. « Mais qu'a-t-il besoin d'aller dans ce magasin ? me dis-je. C'est certainement sa fille. »

Je me serrai contre le mur. Le valet ouvrit la portière, et elle sauta hors de la voiture, tel un oiselet. Quel regard elle lança à droite et à gauche ! Comme elle battit des paupières et des sourcils ! Seigneur, mon Dieu ! Je suis perdu, complètement perdu.

Mais quel besoin a-t-elle de sortir par un temps aussi pluvieux ? Direz-vous encore que les femmes n'ont pas la passion de tous ces chiffons ? Elle ne me reconnut pas ; moi-même, d'ailleurs, je m'efforçai de m'envelopper le plus étroitement possible dans mon manteau, car il est fort sale et sa forme, en outre, est très démodée : on porte maintenant des manteaux à cols amples, or le mien est garni de petits collets superposés ; de plus, le drap n'en est pas décati.

N'ayant pu se glisser dans le magasin, son petit chien resta dans la rue. Je le connais, ce petit chien. On l'appelle Medji. Je me tenais là depuis une minute à peine, lorsque j'entendis soudain une petite voix aiguë : « Bonjour, Medji. » En voilà une histoire ! Qui parle donc ? Je regardai autour de moi, et vis deux dames sous un parapluie : l'une d'elles était vieille, l'autre, toute jeune. Mais elles étaient déjà passées lorsque j'entendis de nouveau près de moi : « Ce n'est pas gentil de ta part, Medji. » Que diable est-ce là ? Je vis que Medji flairait un petit chien qui suivait les dames. « Ah ! ah ! me dis-je. Ne serais-je pas ivre par hasard ? Mais cela ne m'arrive que rarement, me semble-t-il. » « Non, Fidèle, tu as tort de croire cela », prononça... je vis que c'était

Medji qui prononçait ces paroles… « J'ai été… ouah, ouah…, j'ai été… ouah, ouah, ouah… très malade. »

Voyez un peu ce roquet ! Qu'en dites-vous ? J'avoue que je fus très étonné de l'entendre parler comme un homme. Mais plus tard, ayant bien réfléchi à cela, je cessai de m'étonner. En effet, il y a eu déjà beaucoup d'exemples de ce genre. On raconte qu'en Angleterre un poisson sortit de l'eau et prononça deux mots en une langue si étrange que les savants essayent depuis trois ans de la comprendre, mais n'y parviennent pas. J'ai lu également dans les journaux que deux vaches étaient entrées dans une boutique et avaient demandé une livre de thé.

Cependant, je le confesse, je fus étonné bien davantage encore lorsque Medji dit : « Je t'ai écrit, Fidèle, Polkane ne t'a certainement pas remis ma lettre. »

Que le diable m'emporte ! De ma vie je n'ai encore entendu dire que les chiens puissent écrire. Seuls les nobles savent écrire correctement. Il est vrai que certains jeunes marchands, des commis et même des serfs se mettent aussi parfois à griffonner. Mais leur gribouillage n'est pour la plupart du temps que mécanique : ni virgules, ni points, ni style.

Cela m'étonna. J'avoue que depuis un certain temps, je commence à entendre parfois et à voir des choses que personne encore n'a jamais vues ni entendues.

« Suivons ce petit chien, me dis-je. Je saurai qui il est, ce qu'il pense… » J'ouvris mon parapluie et suivis les deux dames. Nous traversâmes la rue Gorokhovaïa, tournâmes dans la Mestchanskaïa, puis dans la Stoliarnaïa, et enfin, près du pont Koukouchkine, nous nous arrêtâmes devant une grande maison.

Je connais cette maison. C'est la maison de Zverkov. En voilà une bâtisse ! Quelles sortes de gens n'y trouve-t-on pas !… Que de cuisinières, que d'étrangers ! Et quant aux nôtres, aux fonctionnaires, ils sont là, les uns sur les autres, serrés comme des harengs. J'y ai, moi aussi, un ami qui joue très bien de la trompette.

Les dames montèrent au cinquième étage. « Parfait, me dis-je ; maintenant je n'irai pas plus loin, mais j'ai repéré les lieux, et à la première occasion j'en profiterai. »

Le 4 octobre

C'est aujourd'hui mercredi, et j'étais par conséquent dans le cabinet de travail du directeur. Je vins exprès un peu plus tôt et, m'étant installé, je taillai toutes les plumes.

Notre directeur est probablement un homme extrêmement intelligent. Son bureau est plein d'armoires remplies de livres. J'ai lu les titres de certains d'entre eux : que de science, que de science ! Nous n'oserions même pas nous y frotter, nous autres. Rien que des livres allemands ou français. Et son visage, mon Dieu ! Quelle importance brille dans ses regards ! Je ne l'ai jamais encore entendu prononcer un mot inutile. Parfois seulement, lorsqu'on lui présente des papiers à signer, il lui arrive de demander : « Quel temps fait-il ? – Il fait humide, Votre Excellence. »

Ah ! c'est bien autre chose que nous ! Un vrai homme d'État.

Je remarque cependant qu'il m'aime tout particulièrement.

Si sa fille, elle aussi… fichtre… Rien, rien. Silence !

Ai lu *L'Abeille.* Sont-ils assez sots, ces Français ! Que veulent-ils donc ? Vraiment, je leur donnerais volontiers une bonne volée de bois vert. J'ai lu également la description fort agréable d'un bal, faite par un propriétaire de Koursk. Les propriétaires de Koursk écrivent généralement très bien.

Après cela, je remarquai que midi et demi avait déjà sonné, mais que notre chef n'était pas encore sorti de sa chambre à coucher. Vers une heure et demie, il se produisit cependant un événement que nulle plume ne saurait décrire.

La porte s'ouvrit ; je crus que c'était le directeur et je bondis de ma chaise, mes papiers à la main. Mais c'était elle, elle-même. Anges célestes ! comme elle était habillée ! La robe qu'elle portait était d'une blancheur de cygne. Oh ! quelle splendeur ! Et quand elle me regarda, ce fut le soleil, Dieu m'est témoin, ce fut le soleil. Elle me salua et dit : « Papa, n'est-il pas venu ? » Aïe, aïe, aïe, quelle voix ! Un canari, un vrai canari.

« Excellence, voulus-je lui dire, ne me faites pas mettre à mort, et si toutefois vous voulez m'exécuter, faites-le de votre noble main. » Mais que le diable m'emporte ! La langue me fourcha, je ne sais comment, et je ne pus que dire : « Non, Excellence. »

Elle me regarda, puis regarda les livres et laissa tomber son mouchoir. Je me précipitai à toutes jambes, glissai sur ce maudit parquet et faillis m'écraser le nez ; je me retins cependant et ramassai le mouchoir.

Anges du ciel ! Quel mouchoir ! En batiste, et d'une finesse ! Quel ambre ! de l'ambre pur. Tout respire en lui la noblesse.

Elle remercia et eut un léger sourire, si bien que ses lèvres sucrées frémirent à peine ; ensuite elle sortit.

Je restai encore une heure ; soudain entra leur valet, qui dit : « Rentrez chez vous, Avksenty Ivanovitch, Monsieur est déjà sorti. »

Je déteste la valetaille : toujours vautrés dans l'antichambre, ces gens-là ne daignent même pas vous faire un signe de tête. Mais il y a plus encore : une de ces canailles s'est même permis, une fois, de m'offrir une prise sans se lever. Ne sais-tu donc pas, serf stupide, que je suis un fonctionnaire, que je suis d'origine noble ?

Néanmoins, je pris mon chapeau et mis moi-même mon manteau, car ces messieurs ne vous le présenteront jamais, et je sortis.

À la maison, je passai la plus grande partie de la journée étendu sur mon lit. Ensuite, je copiai quelques vers vraiment gentils :

Une heure loin de ma mie,
Je crus être privé d'elle un an :
Plein de haine alors pour la vie,
Puis-je vivre sans elle un instant ?

C'est certainement l'œuvre de Pouchkine. Le soir, m'étant enveloppé dans mon manteau, je me dirigeai vers le perron de Son Excellence, et j'attendis longtemps. Ne sortira-t-elle pas en calèche ? J'aurais voulu la voir encore une petite fois. Mais non, elle ne sortit pas.

Le 6 novembre

Le chef de bureau m'a mis en rage. Lorsque j'arrivai au Ministère, il m'appela auprès de lui et me parla ainsi : « Dis-moi, je t'en prie, ce que tu fais ? – Comment, ce que je fais ? je ne fais rien, lui répondis-je. – Réfléchis-y bien. Tu as déjà plus de quarante ans : il est temps de devenir raisonnable. Que t'imagines-tu ? Crois-tu que je ne connais pas toutes tes frasques ? Tu cours après la fille du directeur. Mais regarde-toi donc ! Songe un peu à ce que tu es ! Tu n'es qu'un zéro, rien de plus. Tu ne possèdes pas un sou vaillant. Regarde au moins ton visage dans la glace. Comment peux-tu même songer à cela ? »

Que le diable l'emporte ! Parce que son visage ressemble quelque peu à une fiole de pharmacien, parce qu'il a sur la tête une mèche de cheveux frisés en toupet, et qu'il porte la tête haute et l'enduit de je ne sais quelle pommade à la rose, il s'imagine déjà que tout lui est permis, à lui seul.

Je comprends, je comprends pourquoi il est furieux contre moi. Il m'envie ; il a peut-être remarqué les témoignages de bienveillance qui me sont accordés de préférence aux autres. Mais je crache sur lui. Conseiller de Cour ! La belle affaire ! Il suspend sa montre à une chaîne d'or et se commande des bottes à trente roubles la paire. Que le diable l'emporte ! Suis-je, moi, un roturier quelconque ? Suis-je fils d'un tailleur ou d'un soldat ? Je suis noble. Et puis, quoi, moi aussi je puis atteindre un haut grade. Je n'ai que quarante-deux ans, c'est précisément l'âge où la vraie carrière ne fait que commencer. Attends un peu, l'ami ! Nous aussi nous serons colonel, et peut-être même quelque chose de plus encore, avec l'aide de Dieu. Nous aussi nous aurons un appartement qui sera peut-être plus beau encore que le tien. Pourquoi donc t'es-tu mis en tête qu'il n'y a que toi de convenable ? Si je portais un habit à la mode, si je me nouais au cou une cravate comme la tienne, tu n'irais même pas à la semelle de mes bottes. Pas d'argent – voilà le malheur.

Le 8 novembre

J'ai été au théâtre. On y jouait un vaudeville : *Filatka, le benêt russe.* J'ai bien ri. Il y avait encore un autre vaudeville avec des vers très amusants sur les avoués, et tout particulièrement sur un certain registrateur de collège ; des vers assez hardis ; je m'étonnais même que la censure les eût laissé passer.

Quant aux marchands, on disait carrément qu'ils trompaient le peuple et que leurs fils faisaient la noce et s'efforçaient de jouer aux nobles. Il y avait aussi un couplet fort amusant sur les journalistes : qu'ils aiment à injurier tout le monde et que l'auteur demande au public de prendre sa défense. Les auteurs, aujourd'hui, écrivent des pièces fort amusantes. J'aime à aller au théâtre. Dès qu'il m'arrive d'avoir un sou en poche, impossible de résister : j'y vais. Mais, parmi nous autres, fonctionnaires, il y a de vrais pourceaux : pour rien au monde ils n'iront au théâtre, ces paysans, à moins qu'on ne leur donne un billet gratuit. Une actrice chanta fort bien. Je me souvins de l'autre... Ah ! fichtre ! Rien, rien... Silence !

Le 9 novembre

À huit heures, j'allai au Ministère. Le chef de bureau fit mine de n'avoir pas remarqué mon entrée. Moi aussi, de mon côté, je me tins comme si rien ne s'était passé entre nous.

J'ai parcouru et compulsé des dossiers et suis parti à quatre heures. Passé devant l'appartement du directeur, mais n'ai vu personne. Après le dîner, je suis resté la majeure partie du temps allongé sur mon lit.

Le 11 novembre

J'ai travaillé aujourd'hui dans le bureau de notre directeur. J'ai taillé vingt-trois plumes ; et pour elle, pour la fille de Son Excellence, j'en ai taillé quatre. Il aime qu'il y ait beaucoup de plumes toutes préparées. Oh ! oh ! quel cerveau il doit avoir ! Il se tait toujours, mais j'imagine qu'il ne cesse de réfléchir.

Je voudrais bien savoir à quoi il pense le plus, ce qui se passe dans cette tête… Je voudrais bien voir de plus près la vie de ces gens, toutes leurs manigances et leurs courtisaneries ; comment ils sont, ce qu'ils font dans leur cercle – voilà ce que je voudrais connaître.

J'ai songé plusieurs fois à entamer une conversation avec Son Excellence ; mais ma langue ne veut absolument pas m'obéir. Que le diable m'emporte ! Je ne parle, pour finir, que du temps qu'il fait, absolument impossible de dire autre chose.

Je voudrais bien jeter un regard dans leur salon, dont on voit parfois la porte entrouverte sur une autre chambre…

Ah ! quel riche ameublement ! Quelles glaces, et quelles porcelaines !

Je voudrais bien glisser un œil plus loin, dans ses appartements à elle… Voilà ce que j'aurais désiré voir. Son boudoir, avec tous ces petits vases, ces petits pots, ces fleurs, sur lesquelles on n'oserait même pas souffler, sa robe étalée, plus semblable au zéphyr qu'à une robe… Je voudrais jeter un regard dans sa chambre à coucher… C'est là que je verrais, j'imagine, des choses prodigieuses. Un vrai paradis, je m'imagine, et tel qu'il ne s'en trouve point aux cieux.

Ah ! si je pouvais voir ce tabouret sur lequel elle pose son petit pied en sortant du lit, et comment elle chausse ce pied d'un bas aussi blanc que la neige ! Aïe, aïe, aïe ! Rien… rien… Silence !

Aujourd'hui cependant, ce fut comme une illumination soudaine. Je me souvins de la conversation des deux chiens que j'avais entendue dans la perspective Nevsky.

« Très bien, me dis-je en moi-même. Maintenant je saurai tout. Il faut se saisir de la correspondance qu'ont échangée entre eux ces deux vilains chiens. J'y découvrirai probablement certaines choses. »

J'avoue qu'un jour j'appelai auprès de moi Medji et lui dis : « Écoute, Medji, nous sommes seuls en ce moment ; si tu veux, je fermerai même la porte, ainsi personne ne pourra nous voir. Dis-moi tout ce que tu sais de ta demoiselle : comment est-elle ? ce qu'elle fait ? Je te jure que je ne révélerai rien à personne. »

Mais le rusé chien serra la queue entre ses jambes, se fit tout plat et se glissa dehors sans bruit, comme s'il n'avait rien entendu.

Je soupçonnais depuis longtemps que les chiens étaient beaucoup plus intelligents que les hommes. J'étais même sûr qu'ils pouvaient parler, mais qu'il y a en eux un certain entêtement. Ils sont de grands politiciens : ils observent tout, les moindres pas de l'homme. Oui, demain j'irai absolument dans la maison de Zverkov, je questionnerai Fidèle ; et, si j'y parviens, je m'emparerai de toutes les lettres que lui a écrites Medji.

Le 12 novembre

À deux heures de l'après-midi, je sortis pour voir Fidèle et la questionner.

J'ai en horreur les choux, dont l'odeur s'échappe de toutes les boutiques de la rue Mestchanskaïa. Et avec ça, de dessous les portes cochères des maisons se répand une puanteur tellement infernale que je fus obligé de m'enfuir à toutes jambes en me bouchant le nez. Et les vils artisans dans leurs ateliers émettent tant de fumée et de suie, qu'il est absolument impossible pour un homme de noble naissance de se promener dans ce quartier.

Quand je parvins au sixième étage et que j'eus sonné, une fillette vint m'ouvrir qui n'était vraiment pas mal, avec de petites taches de rousseur. Je la reconnus : c'était celle-là même qui accompagnait la vieille dame. Elle rougit légèrement, et je compris aussitôt : « Toi, ma colombe, tu voudrais un fiancé. »

« Que désirez-vous ? me demanda-t-elle. – J'ai besoin de parler à votre chien. »

La petite était sotte.

Je compris aussitôt qu'elle était sotte. À ce moment, le chien accourut en aboyant ; je voulus le saisir, mais la sale bête faillit me mordre au nez. J'aperçus cependant sa corbeille dans un coin. He, hé ! voilà précisément ce qu'il me faut.

Je m'approchai, bouleversai la paille qui remplissait la corbeille et, à mon extrême satisfaction, en retirai une liasse de petits papiers. À cette vue, le vilain chien me mordit d'abord au mollet ; puis, lorsqu'il eut senti que j'avais pris les papiers, il se mit à gémir et à faire le beau ; mais je dis : « Non, mon petit, adieu », et je m'enfuis.

Je suppose que la fillette me prit pour un fou, car elle fut extrêmement effrayée. De retour chez moi, je me disposai à me mettre aussitôt au travail et à déchiffrer ces lettres, car aux bougies je vois assez mal ; mais Mavra imagina de laver le plancher. Ces stupides Finnoises ont le goût de la propreté toujours mal à propos. J'allai donc me promener et réfléchir à cet événement.

Maintenant, enfin, je saurai toutes leurs affaires ; je connaîtrai tous les ressorts et parviendrai jusqu'au fond des choses. Ces lettres me révéleront tout. Les chiens sont des êtres intelligents ; ils sont au courant des relations politiques, et je trouverai certainement là tout ce qui concerne notre personnage : son portrait et toutes ses actions. Il y aura aussi quelque chose sur celle qui… Rien… Silence !

Vers le soir, je rentrai à la maison. Je passai la plus grande partie du temps sur mon lit.

Eh bien ! Voyons un peu ! L'écriture est assez lisible, et cependant on y remarque quelque chose de canin. Lisons !

« Ma chère Fidèle. Je ne puis encore m'habituer à ton nom bourgeois. N'aurait-on pu vraiment t'en donner un plus joli ? " Fidèle, Rose ", quelle platitude ! Laissons cela... Je suis bien heureuse que nous ayons eu l'idée de nous écrire. » C'est écrit très correctement. La ponctuation et les accents mêmes sont à leur place. Notre chef de bureau lui-même ne serait pas capable d'écrire ainsi, bien qu'il prétende avoir été dans je ne sais quelle université. Voyons la suite.

« Un des plus grands bonheurs du monde, me semble-t-il, c'est de pouvoir partager avec un autre ses idées, ses sentiments, ses impressions. »

Hum ! Cette pensée est puisée dans un ouvrage traduit de l'allemand. Le titre m'échappe.

« Je parle ainsi d'après mon expérience, bien que je n'aie pas parcouru le monde au-delà des portes de notre maison. Mon existence ne s'écoule-t-elle pas dans l'abondance ? Mademoiselle, que son papa appelle " Sophie ", m'aime à en perdre la raison... »

Aïe, aïe ! Rien, rien... Silence !

« Papa me caresse très souvent aussi. Je prends du thé et du café à la crème. Ah ! ma chère, je dois te dire que je ne trouve aucun agrément aux grands os que notre Polkane ronge à la cuisine. Seuls les os de gibier sont bons, et encore lorsque personne n'en a sucé la moelle. Mélanger ensemble plusieurs sauces est excellent, pourvu qu'il n'y ait ni câpres ni verdure. Mais je ne connais rien de pis que cette habitude qu'on a de donner aux chiens des boulettes de pain. À table, un monsieur quelconque qui a tenu dans ses mains Dieu sait quoi, se met à rouler du pain entre ses doigts, puis t'appelle et te fourre une boulette dans les dents : refuser ne serait pas poli, et te voilà obligée de manger avec dégoût ; cependant, tu manges. »

Le diable sait ce que c'est ! Quelles stupidités ! Comme s'il n'y avait pas de sujet plus intéressant. Voyons un peu à la page suivante : n'y trouverons-nous pas des choses plus sérieuses ?

« … Je t'informerai très volontiers de tous les événements qui se passent chez nous. Je t'ai parlé du personnage principal que Sophie appelle "papa". C'est un homme très étrange… »

Ah ! nous y voilà enfin. Oui, je le savais bien : ils envisagent tout d'un point de vue politique. Voyons ce qu'on dit de papa.

« … Un homme très étrange. La plupart du temps, il se tait ; il parle très rarement. Mais, il y a une semaine, il ne cessait de se parler à lui-même : "L'obtiendrai-je, ne l'obtiendrai-je pas ?" Il prenait un bout de papier dans une main, serrait l'autre main vide, et disait : "L'obtiendrai-je, ne l'obtiendrai-je pas ?…" Une fois, il me posa aussi cette question : "Qu'en penses-tu, Medji ? l'obtiendrai-je ou non ?" Je n'y compris absolument rien, je reniflai sa botte et m'éloignai. Une semaine après, ma chérie, papa rentra chez lui tout joyeux. Durant toute la matinée, il reçut des messieurs en uniforme qui le félicitaient de je ne sais quoi. À table, il fut extrêmement gai, comme je ne l'avais jamais encore vu, et se lança dans des anecdotes. Après le dîner, il me souleva jusqu'à son cou et dit : "Regarde un peu, Medji, ce qu'il y a là." Je vis un petit ruban. Je le flairai, mais ne perçus aucun arôme. Pour finir, je le léchai légèrement : c'était un peu salé… »

Hum ! Ce petit chien se permet, me semble-t-il… gare au fouet ! Ah ! il est donc ambitieux ! C'est bon à savoir.

« Adieu, ma chère. Je cours, etc., etc. Je terminerai ma lettre demain. – Eh bien, bonjour. Me voici de nouveau avec toi. Aujourd'hui, mademoiselle Sophie… »

Ah ! voyons un peu ce que fait Sophie. Fichtre ! rien… rien… Continuons.

« … Mademoiselle Sophie était dans une grande agitation. Elle se préparait à aller au bal, et moi, j'étais très contente de pouvoir t'écrire en son absence. Ma Sophie est toujours heureuse quand elle va au bal, bien qu'elle se fâche presque chaque fois au moment de s'habiller. Je ne puis comprendre pourquoi les hommes s'habillent. Pourquoi ne pas sortir comme nous, par exemple ? C'est commode et simple. Je ne comprends pas non plus, ma chère, le plaisir qu'on trouve à aller au bal. Sophie revient du bal à six heures du matin, et je devine presque toujours à son aspect pâle et hâve qu'on n'a pas donné à manger à la pauvrette. J'avoue que je serais tout à fait incapable de vivre ainsi. Si l'on ne me donnait pas de sauce de perdreau ou d'ailes de poulet, je… je ne sais pas ce qui m'arriverait. Le gruau à la sauce est excellent aussi ; quant aux carottes, aux navets, aux artichauts, ce n'est pas bon du tout. »

Le style est extrêmement inégal. On voit immédiatement que ces lettres ne sont pas d'un homme : cela commence bien, et puis ça finit par une chiennerie quelconque. Voyons encore une lettre. Oh, oh ! celle-ci est assez longue. Hum ! et elle ne porte pas de date.

« Ah ! ma chérie, comme l'approche du printemps se fait sentir ! Mon cœur bat comme s'il attendait quelqu'un. J'entends un bruit continuel dans mes oreilles, si bien qu'il m'arrive souvent de rester quelques minutes debout à écouter près de la porte, une patte levée. Je t'avouerai que j'ai beaucoup de courtisans. Assise à ma fenêtre, souvent je les examine. Ah ! si tu savais combien certains d'entre eux sont laids. Ce chien de basse-cour, par exemple, un lourdaud, terriblement stupide ; la bêtise est écrite sur son visage. Il passe gravement dans la rue et s'imagine qu'il est un personnage très important ; il croit qu'à sa vue tout le monde ne songe qu'à l'admirer. Mais pas du tout. Je n'ai même pas fait attention à lui, comme si je ne l'avais pas vu.

« Et ce dogue épouvantable qui s'arrête devant ma fenêtre. S'il se dressait sur ses pattes de derrière, ce que ce grossier personnage ne sait certainement pas faire, il dépasserait d'une tête entière le papa de ma Sophie, qui est cependant d'assez grande taille et gros. Cet imbécile est probablement d'une insolence extrême. J'ai commencé à grogner, mais il ne s'en est nullement préoccupé : pas le moindre effet. La langue pendante, ses immenses oreilles baissées, il regardait la fenêtre. En voilà un paysan ! Mais t'imagines-tu, ma chère, que mon cœur accueille avec indifférence tous les prétendants ? Oh, non… Si tu voyais un de mes adorateurs qui saute par-dessus la clôture de la maison voisine et qui s'appelle Trésor !… Ah, ma chérie !… quel délicieux petit museau ! »

Au diable ! En voilà des stupidités ! Comment est-il possible de remplir ses lettres de pareilles fadaises ! Faites-moi voir l'homme ! Je veux connaître l'homme. J'exige qu'on me serve une nourriture spirituelle qui rassasie et réjouisse mon âme, et au lieu de cela, on m'offre des bêtises… Tournons la page ; ne sera-ce pas plus intéressant ?

« Sophie était assise près d'un guéridon et cousait quelque chose. Je regardais par la fenêtre, car j'aime à voir les passants. Soudain entra le valet qui annonça : "Tiéplov. – Fais entrer", s'écria Sophie, et elle se mit à me serrer dans ses bras : "Ah ! Medji, Medji ! Si tu savais qui c'est ! un brun, gentilhomme de la chambre, et des yeux noirs comme l'agate." Et Sophie s'enfuit dans sa chambre. Une minute après entra un jeune gentilhomme de la chambre, le visage orné de favoris noirs. Il s'approcha de la glace, arrangea ses cheveux et examina la pièce. Je grondai un peu et m'assis à ma place accoutumée. Sophie revint bientôt et lui dit gaiement bonjour en réponse à son profond salut. Et moi, comme si je ne remarquais rien, je continuais de regarder par la fenêtre. Cependant je tournai la tête un peu de côté, m'efforçant d'entendre ce qu'ils disaient. Ah ! ma chère, de quelles vétilles ils causaient ! Ils parlaient d'une dame qui, au bal, au lieu d'une figure en avait dansé une autre, d'un certain Bobov qui, dans son jabot, ressemblait fort à une cigogne et manqua de tomber ; ils disaient que je ne sais quelle Lidina s'imaginait avoir des yeux bleus tandis qu'ils étaient verts, et autres choses de ce genre… " Pourrait-on comparer le gentilhomme de la chambre à Trésor ! " me disais-je. Ciel ! quelle différence ! D'abord, le gentilhomme de la chambre a un large visage tout à fait lisse et encadré de favoris, comme s'il avait noué autour un mouchoir noir ; tandis que Trésor a un petit museau fin, et au milieu même du front, une tache blanche. Peut-on comparer la taille de Trésor à celle du gentilhomme de la chambre ? Et les yeux, les manières, les façons sont tout autres aussi. Oh ! quelle énorme différence ! Je ne comprends pas ce qu'elle a pu trouver dans son Tiéplov. Pourquoi l'admire-t-elle tant ? »

Il me semble, à moi aussi, qu'il y a là quelque chose qui n'est pas clair. Il ne se peut pas que ce Tiéplov ait pu la charmer ainsi. Voyons plus loin.

« Si ce gentilhomme de la chambre peut lui plaire, alors, me semble-t-il, ce fonctionnaire qui se tient dans le bureau de papa peut aussi finir par lui plaire un beau jour. Ah ! ma chère, si tu savais comme il est laid ! Une vraie tortue dans un sac !… »

Qui serait-ce bien ?…

« Son nom de famille est très étrange. Il est toujours assis et taille des plumes. Ses cheveux ressemblent fort à une botte de foin. Papa l'envoie parfois en course comme un domestique… »

Il me semble que c'est moi que vise cette sale chienne. Je ne vois pas en quoi mes cheveux ressemblent à une botte de foin…

« Sophie ne peut jamais se retenir de rire lorsqu'elle le regarde. »

Tu mens, maudite chienne ! En voilà une méchante langue ! Comme si je ne comprenais pas que tout cela n'est que l'œuvre de l'envie ! Comme si je ne connaissais pas l'auteur de ces tours ! C'est le chef de bureau. Cet homme m'a juré une haine irréconciliable, et il me fait du tort, il me fait du tort à chaque pas... Mais voyons encore une lettre ; peut-être que tout s'expliquera de soi-même.

« Ma chère Fidèle, excuse-moi de ne t'avoir pas écrit depuis si longtemps. J'étais dans une béatitude parfaite. Il a vraiment dit juste, cet écrivain, que l'amour est une seconde vie. Et, en plus, il s'est produit chez nous de grands changements. Le gentilhomme de la chambre vient chaque jour à la maison. Sophie l'aime à la folie. Papa est très gai. J'ai même entendu dire par notre Grigory qui balaye les planchers en se parlant presque toujours à lui-même, que le mariage aurait lieu bientôt, car papa veut absolument que sa fille épouse un général, ou un gentilhomme de la chambre ou un colonel de l'armée... »

Que le diable les emporte ! Je n'en peux plus... Gentilhomme de la chambre, général, il n'y en a que pour eux ! Tout ce qu'il y a de meilleur au monde tombe entre les mains des gentilshommes de la chambre ou bien des généraux. Vous découvrez quelque pauvre petit trésor, vous croyez le saisir, mais un gentilhomme de la chambre ou un général vous l'arrache. Au diable ! Je voudrais être général, non pas pour obtenir sa main, et tout le reste... Non, je voudrais être général rien que pour voir comment ils se mettraient alors à tourner autour de moi, à faire toutes leurs simagrées et leurs révérences de Cour, et pouvoir leur dire ensuite : « Je crache sur vous deux ! » Que le diable les emporte ! C'est désolant ! Je déchirai en petits morceaux les lettres de cette chienne stupide.

Cela ne se peut. Mensonges ! Le mariage n'aura pas lieu. Quelle importance cela a-t-il qu'il soit gentilhomme de la chambre ? Ce n'est qu'un certain grade ; ce n'est pas un objet visible qu'on puisse prendre en main. Le fait d'être gentilhomme de la chambre ne vous ajoute pas un troisième œil au milieu du front, n'est-ce pas ? Son nez n'est pas en or, n'est-il pas vrai ? Il est comme le mien, comme celui de tout le monde ; il flaire avec son nez et ne mange pas ; il éternue et ne tousse pas.

J'ai déjà maintes fois essayé de débrouiller d'où proviennent toutes ces différences... Pourquoi suis-je conseiller titulaire ? Quel sens cela a-t-il ? Il se peut que je ne sois nullement conseiller titulaire. Je suis peut-être un comte quelconque ou bien un général, et je n'ai que l'apparence d'un conseiller titulaire. Il se peut que je ne sache pas moi-même encore qui je suis.

On connaît tant d'exemples historiques ! Un homme ordinaire, pas même un noble, mais tout simplement un petit bourgeois ou un paysan... et voilà que brusquement on découvre que c'est un grand personnage, un baron, que sais-je encore ! Si un paysan peut devenir tout cela, que ne peut alors devenir un noble ?

Soudain, par exemple, j'entre chez notre directeur, en uniforme de général ; mon épaule droite est garnie d'une épaulette, mon épaule gauche est garnie d'une épaulette, et un ruban bleu barre ma poitrine... Eh bien, que me chantera alors ma belle ? Que dira son papa lui-même, notre directeur ? Oh ! c'est un grand ambitieux. C'est un maçon, c'est certainement un franc-maçon ; bien qu'il feigne d'être ceci ou cela, je remarquai immédiatement qu'il était franc-maçon. S'il tend la main à quelqu'un, ce n'est jamais que deux doigts. Mais ne puis-je pas être nommé à l'instant même gouverneur général, ou bien, intendant, ou bien quelque chose d'autre encore ? Je voudrais savoir pourquoi je suis conseiller titulaire ? Pourquoi précisément conseiller titulaire ?

Le 5 décembre

Aujourd'hui, durant toute la matinée, j'ai lu les journaux. Il se passe des choses bien étranges en Espagne... Je n'ai même pu débrouiller complètement ce qui s'y tramait. On écrit que le trône est supprimé, que les hauts dignitaires se trouvent dans une situation difficile pour élire l'héritier, et que c'est là la cause des émeutes qui ont éclaté. Cela me paraît extrêmement étrange... Comment le trône peut-il être supprimé ? On dit qu'une certaine doña doit monter sur le trône. Mais une doña ne peut monter sur le trône. Non, elle ne le peut en aucune façon. Le trône doit être occupé par un roi. « Mais, dit-on, il n'y a pas de roi. » Il est impossible qu'il n'y ait pas de roi. L'État ne peut exister sans roi. Le roi existe, mais il se tient sans doute caché quelque part. Il se peut même qu'il soit en Espagne, mais certaines raisons de famille peut-être, ou bien la crainte des pays voisins – de la France par exemple, ou d'autres pays –, l'obligent à se cacher ; peut-être y a-t-il encore d'autres raisons.

Le 8 décembre

J'étais déjà prêt à me rendre au Ministère, quand certaines considérations, certaines réflexions me retinrent. Les affaires d'Espagne ne me sortent pas de la tête.

Comment se peut-il qu'une doña devienne reine ? On ne permettra pas cela. Et tout d'abord l'Angleterre ne le permettra pas. Et puis, il y a encore les affaires politiques de toute l'Europe, l'empereur d'Autriche, notre Empereur…

J'avoue que tous ces événements m'ont à tel point anéanti et bouleversé que je n'ai vraiment pu m'occuper de rien durant toute la journée. Mavra me fit observer que j'étais extrêmement distrait à table. Et en effet, je crois que dans ma distraction je jetai à terre deux assiettes qui se sont aussitôt brisées en morceaux.

Après le dîner, je suis allé me promener à la foire, mais je n'ai retiré rien d'instructif de cette promenade.

Je restai la plupart du temps étendu sur mon lit, à réfléchir aux affaires d'Espagne.

L'an 2000, le 43 avril

C'est aujourd'hui le jour du plus grand des triomphes. L'Espagne a un roi. Il s'est retrouvé. Et ce roi, c'est moi.

C'est aujourd'hui seulement que je l'ai appris. J'avoue que ce fut comme si j'avais été illuminé soudain par un éclair. Je ne comprends pas comment j'avais pu croire et m'imaginer que j'étais conseiller titulaire.

Comment cette idée inepte, folle, a-t-elle pu entrer dans ma tête ? Encore heureux que personne ne se soit avisé de m'enfermer dans une maison de fous. Maintenant, tout m'est clair. Maintenant, je vois tout comme sur ma main. Tandis qu'avant, je ne comprends pas bien pourquoi, avant, tout m'apparaissait comme à travers un brouillard.

Et tout cela provient, je suppose, de ce que les hommes s'imaginent que le cerveau se trouve dans la tête. Pas du tout : c'est le vent qui souffle de la mer Caspienne qui nous l'apporte.

D'abord, j'annonçai à Mavra qui j'étais. Lorsqu'elle entendit que le roi d'Espagne se tenait devant elle, elle leva les bras et faillit mourir de terreur : la sotte n'avait jamais encore vu de roi d'Espagne.

Cependant j'essayai de la calmer et, par des paroles gracieuses, je tâchai de l'assurer de mes bonnes dispositions, lui disant que je n'étais nullement fâché de ce qu'elle m'eût parfois mal nettoyé mes bottes. Car ce sont de petites gens, et l'on ne peut leur parler de choses élevées.

Elle eut peur, parce qu'elle est persuadée que tous les rois d'Espagne sont semblables à Philippe II… Mais je lui fis comprendre qu'il n'y a presque aucune ressemblance entre Philippe II et moi, et que je n'ai même pas un seul capucin.

Je ne suis pas allé au Ministère. Que le diable l'emporte ! Non, mes amis, maintenant vous ne m'aurez plus ! je ne copierai plus vos vilaines paperasses !

Le 86 martobre,
entre le jour et la nuit

Aujourd'hui, j'ai reçu la visite de notre huissier qui est venu me dire de me rendre au Ministère : il y a déjà plus de trois semaines que je n'y suis plus allé.

Mais les gens sont injustes : ils calculent le temps par semaines. Ce sont les Juifs qui ont introduit cela, car leur rabbin se lave pendant ce temps.

Cependant, en manière de plaisanterie, je suis allé au Ministère. Le chef de bureau s'imaginait que j'allais le saluer et m'excuser, mais je le regardai d'un air indifférent, sans trop de colère, mais aussi sans trop de bienveillance, et je m'assis à ma place comme si je ne remarquais personne.

Je parcourais du regard la canaille administrative et songeais : « Si vous saviez qui se trouve parmi vous ! Dieu du ciel ! Quel chambardement ce serait ! Et, d'ailleurs, le chef de bureau lui-même se mettrait à me saluer jusqu'à terre, comme il se courbe aujourd'hui devant le directeur. » On me passa quelques papiers, afin que j'en fisse un résumé. Mais je n'y touchai même pas.

Quelques instants après, tout le monde s'affaira ; on annonça le directeur. Nombre de fonctionnaires se précipitèrent à qui mieux mieux au-devant de lui pour se faire remarquer ; mais moi, je ne bougeai point. Lorsqu'il traversa nos bureaux, tous boutonnèrent leur habit ; moi je ne fis pas un geste.

Un directeur ? Que je me mette, moi, à trembler devant lui ? Jamais ! Lui, un directeur ? Un bouchon ordinaire, un simple bouchon, rien de plus, comme ceux qui servent à boucher les bouteilles.

Ce qui m'amusa le plus, ce fut lorsqu'on me glissa un papier qu'il me fallait signer. Ils s'imaginaient que j'allais signer tout au bas de la feuille : Conseiller titulaire un tel. Pensez-vous ! Et à l'endroit le plus en vue de la page, où signe notre directeur, je traçai : « FERDINAND VIII ».

Il eût fallu voir quel silence respectueux s'établit aussitôt. Mais je me contentai de faire un geste de la main et dis : « Point de marques de soumission, c'est inutile », et je sortis.

De là je me rendis tout droit dans l'appartement du directeur. Il n'était pas chez lui. Le domestique ne voulait pas me laisser entrer, mais je lui dis de telles choses qu'il en eut les bras coupés. Je me dirigeai vers son cabinet de toilette. Elle était assise devant son miroir ; elle bondit et recula devant moi. Je ne lui dis pourtant pas que j'étais le roi d'Espagne. Je lui dis seulement qu'un bonheur l'attendait, qu'elle ne pouvait même se figurer, et que, malgré toutes les intrigues de nos ennemis, nous serions réunis. Je ne voulus rien dire de plus et je sortis.

Ô la femme ! Quel être perfide ! C'est maintenant seulement que j'ai compris ce qu'était la femme. Personne n'a jamais su jusqu'ici de qui elle était amoureuse : c'est moi le premier qui l'ai découvert. La femme est amoureuse du diable. Je ne plaisante pas.

Les physiciens n'écrivent que des bêtises lorsqu'ils disent qu'elle est ceci et cela : elle n'aime que le diable.

Voyez-la qui, de l'une des premières loges, pointe ses jumelles. Vous croyez qu'elle regarde ce gros bonhomme couvert de décorations ? Pas du tout : elle regarde le diable qui se tient derrière son dos. Le voilà qui s'est caché dans les plis de son frac. Le voilà qui fait signe du doigt à la femme. Et elle l'épousera ; je vous assure qu'elle l'épousera.

Et ceux-là, leurs pères titrés, ceux-là qui font des courbettes, se faufilent à la Cour et disent qu'ils sont des patriotes, qu'ils sont ceci et cela ; ce sont des pensions, des pensions que recherchent ces patriotes. Pour de l'argent, ils vendraient leur père, leur mère et Dieu lui-même, ces ambitieux, ces Judas. Ce n'est que l'ambition ; et cette ambition provient de ce que nous avons sous la langue un globule, et dans ce globule un petit ver, gros comme une tête d'épingle, fabriqué par un certain barbier qui demeure dans la rue Gorokhovaïa. Je ne me rappelle plus comment on l'appelle, mais je sais de source certaine qu'en compagnie d'une sage-femme il veut répandre partout le mahométisme. Voilà pourquoi, en France, la grande majorité du peuple a déjà adopté, dit-on, la religion de Mahomet.

Pas de date du tout.
Le jour était sans date

Je me suis promené incognito dans la perspective Nevsky. Passa l'Empereur. Tout le monde se découvrit, moi aussi. Toutefois, je ne fis aucunement voir que j'étais le roi d'Espagne.

J'ai trouvé qu'il n'était pas convenable de révéler ainsi, devant tout le monde, qui j'étais, car il faut tout d'abord que je sois présenté à la Cour. Ce qui m'arrêtait seulement jusqu'ici, c'était que je n'avais pas encore de costume national espagnol. Si je pouvais avoir au moins un manteau royal ! J'avais d'abord songé à en commander un chez un tailleur ; mais ce sont tous des ânes bâtés. De plus, ils négligent complètement leur travail et se lancent dans les affaires, et la plupart d'entre eux s'occupent de paver les rues.

J'ai résolu de transformer en manteau royal mon nouvel uniforme que je n'ai mis encore que deux fois. Mais pour que ces canailles ne me le gâchent pas, j'ai décidé de le coudre moi-même, en ayant soin de fermer les portes à clef afin que personne ne me voie. Je l'ai taillé entièrement à coups de ciseaux, car la forme doit être toute différente.

Je ne me souviens pas de la date ;
il n'y avait pas de mois non plus ;
le diable sait ce que c'était

Le manteau royal est complètement prêt et cousu. Mavra poussa un cri lorsque je le revêtis. Cependant, je ne me décide pas à me présenter à la Cour : la députation espagnole n'est pas encore arrivée. En l'absence des députés, cela ne serait pas convenable : ma dignité n'aurait aucun poids. Je les attends d'une heure à l'autre.

Le 1er

La lenteur des députés m'étonne beaucoup. Quelles sont donc les raisons qui les retiennent ? Serait-ce la France ? Oui, c'est le pays qui nous est le plus hostile.

J'ai été m'informer à la poste pour savoir si les députés espagnols n'étaient pas arrivés. Mais le maître de poste est tout à fait stupide : il ne sait rien. « Non, me dit-il, il n'y a pas de députés espagnols ici ; mais si vous voulez écrire une lettre, nous l'accepterons conformément aux tarifs en vigueur. »

Que le diable l'emporte ! Qu'est-ce qu'une lettre ? Bêtises que tout cela ! Ce sont les pharmaciens qui écrivent des lettres, et encore après avoir au préalable mouillé leur langue avec du vinaigre, car autrement leur visage se couvrirait de dartres.

Madrid, le 30 februar

Ainsi donc, je suis en Espagne ; et cela s'est produit si rapidement que je puis à peine reprendre mes esprits.

Ce matin, des députés espagnols se sont présentés devant moi, et je suis parti avec eux en carrosse. L'extraordinaire rapidité du voyage me parut étrange. Nous avons voyagé si vite que nous avons atteint les frontières espagnoles en une demi-heure.

D'ailleurs, maintenant il y a partout en Europe des chemins de fer et des bateaux à vapeur, qui vont extrêmement vite.

Quel étrange pays que l'Espagne ! Lorsque nous entrâmes dans la première chambre, je vis une multitude d'hommes au crâne rasé. Cependant je devinai que ce devait être des Grands ou des soldats, car ils se rasent la tête. La façon d'agir du chancelier d'État, qui me menait par la main, me parut très étrange. Il me poussa dans une petite chambre et me dit :

« Reste là, et si tu continues à te faire appeler Ferdinand VIII, je saurai bien te faire passer cette envie. »

Mais comprenant bien que c'était uniquement une épreuve, je répondis négativement ; et alors le chancelier me donna deux coups de bâton sur le dos avec une telle force que je faillis crier ; mais je me retins, me rappelant que c'est la coutume des chevaliers lorsqu'on accède à une haute dignité ; car les coutumes de la chevalerie subsistent encore jusqu'à présent en Espagne.

Resté seul, je résolus de m'occuper des affaires de l'État.

Je découvris que la Chine et l'Espagne étaient un seul et même pays, et que c'est par pure ignorance qu'on les considère comme des États séparés. Je conseille à tout le monde d'écrire exprès sur un papier : « Espagne » ; ça se lira « Chine ».

Mais je suis extrêmement peiné de l'événement qui doit avoir lieu demain. Demain, à sept heures, il se produira un événement étrange : la terre se posera sur la lune. Le célèbre chimiste anglais Wellington parle, lui aussi, de cela.

J'avoue que je ressentis une inquiétude cruelle, lorsque je me représentai l'extrême délicatesse et la fragilité de la lune. La lune, d'ordinaire, se fabrique à Hambourg, et fort mal… Je m'étonne que l'Angleterre ne fasse pas attention à cela. C'est un tonnelier bancal qui l'a faite, et l'on voit bien que cet imbécile n'a aucune idée de la lune. Il y a mis un cordage goudronné et de l'huile de bois ; c'est de là que provient sur toute la terre cette puanteur terrible qui nous oblige à nous boucher le nez. C'est pour cela aussi que la lune est une sphère si délicate que les hommes n'y peuvent vivre et que maintenant elle est habitée uniquement par des nez. Voilà pourquoi nous ne pouvons apercevoir notre propre nez, car tous les nez sont dans la lune.

Et lorsque j'imaginai que la terre est une substance lourde et qu'en s'asseyant sur la lune elle risquait d'écraser nos nez en poussière, une inquiétude telle me saisit qu'ayant mis mes bas et mes souliers, je me précipitai dans la salle du Conseil d'État pour donner l'ordre à la police d'empêcher la terre de s'asseoir sur la lune.

Les Grands d'Espagne au crâne rasé, que je trouvai en nombre dans la salle du Conseil, étaient des gens très intelligents, et quand je leur dis : « Messieurs, sauvons la lune, car la terre veut s'asseoir dessus », ils se précipitèrent tous à la minute afin d'exécuter ma volonté royale, et plusieurs d'entre eux se mirent à sauter le long des murs pour arriver jusqu'à la lune. Mais en cet instant entra le grand chancelier, et à sa vue tous se dispersèrent. Je restai seul en ma qualité de roi. Mais, à mon grand étonnement, le chancelier me frappa de son bâton et me fit rentrer dans ma chambre. – Telle est la puissance des coutumes populaires en Espagne.

Janvier de la même année
qui arriva après februar

Je ne parviens pas jusqu'ici à comprendre l'Espagne. Les coutumes populaires et les règles de l'étiquette de la Cour sont tout à fait extraordinaires. Je ne comprends pas, je ne comprends pas, je ne comprends absolument rien. Aujourd'hui j'eus beau crier de toutes mes forces que je ne voulais pas être moine, on me rasa la tête.

Mais je ne puis même songer à ce qui m'arriva, lorsqu'on se mit à me verser de l'eau froide sur la tête. Je n'ai jamais ressenti de souffrances aussi infernales.

J'ai failli devenir enragé, si bien qu'on eut de la peine à me maintenir.

Je ne comprends pas du tout la signification de cette étrange coutume. Coutume stupide, inepte. Je ne conçois pas l'aberration des rois qui ne l'ont pas encore abolie jusqu'ici.

À en juger d'après les apparences, je me demande si je ne suis pas tombé entre les mains de l'Inquisition, et si celui que je prends pour le chancelier n'est pas le Grand Inquisiteur lui-même. Cependant, je ne parviens pas à comprendre comment le roi a pu être soumis aux tortures de l'Inquisition. Il est vrai que c'est peut-être la faute à la France, et surtout à Polignac. Oh, cette canaille de Polignac ! Il a juré de me nuire jusqu'à ma mort. Et il me poursuit, il me poursuit. Mais je sais bien, mon ami, que c'est l'Anglais qui te conduit. L'Anglais est un grand politicien. Il tourne toujours autour du pot. Le monde entier sait bien que lorsque l'Angleterre prise du tabac, c'est la France qui éternue.

Le 25

Le Grand Inquisiteur est de nouveau entré dans ma chambre aujourd'hui, mais ayant entendu ses pas de loin, je me cachai sous la chaise. Ne me voyant pas, il se mit à m'appeler. D'abord il cria : « Poprichtchine ! » – Pas un mot, puis : « Avksenty Ivanovitch, conseiller titulaire, gentilhomme ! » Je continuai de me taire – « Ferdinand VIII, roi d'Espagne ! » Je voulais me montrer, mais ensuite je me dis : « Non, mon ami, tu ne m'attraperas pas. Je te connais. Tu vas recommencer à me verser de l'eau sur la tête. »

Mais il m'aperçut et me chassa à coups de bâton de dessous ma chaise. Ce maudit bâton fait terriblement mal. D'ailleurs j'ai été récompensé de tout cela par la découverte que j'ai faite aujourd'hui : j'ai appris que tout coq a son Espagne, et qu'elle se trouve sous ses plumes, non loin de sa queue.

Le Grand Inquisiteur me quitta, furieux, et me menaça de je ne sais quel châtiment.

Mais je méprise complètement sa rage impuissante, sachant très bien qu'il agit comme une machine, comme l'instrument de l'Angleterre.

Le 34 mo février is, aénne 349

Non, je n'ai plus la force de supporter cela ! Mon Dieu, que font-ils avec moi ? Ils me versent de l'eau froide sur la tête. Ils n'entendent pas, ils ne voient pas, ils ne m'écoutent pas. Que leur ai-je fait ? Pourquoi me tourmentent-ils ? Que veulent-ils de moi, malheureux que je suis ? Que puis-je leur donner ? Je n'ai rien. Je suis sans forces, je ne puis supporter ces tourments. Ma tête me brûle, et tout tourne autour de moi. Sauvez-moi ! Enlevez-moi !

Donnez-moi des chevaux rapides comme la tempête ! Fouette cocher ! Carillonne grelot ! Cabrez-vous, ardents coursiers et enlevez-moi hors de ce monde !... Loin, très loin, pour que je ne voie plus rien, ni personne !...

J'aperçois des nuages qui se tordent en volutes au-devant de moi. Une étoile clignote là-bas. La forêt court comme une folle, avec ses arbres et sa lune. Une brume grisâtre s'étale sous moi. Une corde gémit et se brise. D'un côté, c'est la mer ; de l'autre, l'Italie... Et puis, voici des chaumières russes !... Est-ce ma maison qui se colore en bleu, tout au fond ?... Est-ce ma mère, qui se tient assise à la croisée ?... Maman, maman chérie, sauve ton pauvre fils ! Laisse tomber une larme, une petite larme sur ma tête fiévreuse ! Vois comme ils me font souffrir ! Prends ton enfant, presse-le sur ta poitrine !... Point de retraite pour lui, sur la terre !...

Au fait, savez-vous que le bey d'Alger a une grosse verrue, juste sous le nez ?

LE PORTRAIT

Aucune des boutiques du bazar Chtchoukine n'attirait autant de monde que celle du marchand de tableaux. Elle offrait en effet un assemblage d'objets des plus hétéroclites. Peints pour la plupart à l'huile et recouverts d'un vernis verdâtre, les tableaux étaient placés dans des cadres dorés et clinquants : hivers aux arbres tout blancs, crépuscules rougeoyant comme des incendies, paysans flamands, pipe à la bouche, le bras déjeté, plus semblables à des dindons en manchettes qu'à des êtres humains. Quelques portraits aussi : Kosrev Mirza en bonnet de coton, des généraux inconnus en tricorne, le nez de travers. À la devanture des boutiques de ce genre pendent également des liasses de feuilles grossièrement imprimées qui témoignent des dons naturels du peuple russe. L'une d'elles représentait la princesse Miliktrissa Kirbitièvna[1] ; une autre, la ville de Jérusalem dont les maisons et les églises avaient été inondées avec désinvolture d'une coulée rouge qui avait débordé sur une partie du sol et sur deux moujiks en prière, les mains dans des moufles. Ces œuvres trouvent généralement peu d'acheteurs mais attirent en revanche quantité de curieux. On est sûr d'y voir bayer aux corneilles quelque valet riboteur, une cantine à la main avec le dîner de son maître qui ne mangera certainement pas une soupe trop chaude ; un soldat, cet habitué

1. Personnage des contes populaires russes.

des marchés en plein vent, qui offre deux canifs ; une marchande ambulante avec sa boîte remplie de chaussures... Chacun admire à sa façon. Les moujiks désignent les choses du doigt, les soldats examinent gravement ; les gamins, les apprentis rient et se bousculent devant les caricatures. Les vieux domestiques en manteau de gros drap ne regardent que pour passer le temps. Quant aux marchandes, aux jeunes paysannes, elles s'empressent d'écouter ce que disent les gens et de voir ce qu'ils voient.

Un jeune peintre, Tchartkov, qui passait devant la boutique, s'arrêta involontairement. Son vieux manteau, son costume inélégant révélaient l'homme qui entièrement absorbé par son travail ne consacre guère de temps à sa toilette, occupation cependant si attrayante pour la jeunesse. S'étant arrêté devant la boutique, il commença par rire intérieurement à la vue de ces affreux tableaux. Mais il se prit ensuite à réfléchir, se demandant qui donc pouvait avoir besoin de telles œuvres. Que le peuple écarquillât les yeux sur les feuilles à bon marché dont les sujets lui étaient familiers, compréhensibles, cela ne l'étonnait guère ; mais où se prenaient les acheteurs de ces barbouillages à l'huile, sales et bariolés ? Qui pouvait avoir besoin de ces paysans flamands, de ces paysages rouges et bleus qui avaient visiblement la prétention d'atteindre à un niveau supérieur de l'art et n'en manifestaient que le profond avilissement ? Et il était impossible de les prendre pour la production d'un enfant autodidacte, car dans ce cas, en dépit du manque de sensibilité et du caractère caricatural de l'ensemble, on y aurait saisi quelque élan impétueux. Or ce qui apparaissait ici, c'était tout simplement la stupidité, une décrépitude impuissante qui visait à l'art alors que sa place était parmi les métiers les plus vils, une incapacité qui, fidèle cependant à sa nature, introduisait le métier dans l'art même. C'étaient précisément les couleurs, la manière, la main experte d'un artisan, d'un automate grossièrement fabriqué, bien plutôt que celle d'un être humain.

Tchartkov demeura longtemps devant ces toiles affreuses et finit par ne plus y penser, cependant que le propriétaire de la boutique, un petit homme tout gris en manteau de gros drap, dont la barbe datait du dimanche précédent, lui parlait déjà depuis un bon moment, fixait son prix, avant même de savoir ce qui plaisait au peintre, ce qu'il voulait…

– Pour ces moujiks que voici et ce petit paysage, je ne prendrai qu'un billet de dix roubles. Quelle peinture ! Elle vous tape dans l'œil, tout simplement ! Ils viennent d'arriver de la salle des ventes. Le vernis n'est pas encore sec… Et voyez cet hiver ! Prenez l'hiver ! Quinze roubles. Le cadre seul vaut davantage. Ça, c'est un hiver !

Sur ce, le marchand donna une légère chiquenaude à la toile, sans doute pour montrer la bonne qualité de l'hiver.

– Faut-il les attacher ensemble et les porter chez vous ? Où habitez-vous ? Eh, petit, une ficelle !

– Attends, l'ami, pas si vite ! dit le peintre, revenu à lui en voyant que l'habile marchand commençait pour de bon à ficeler les tableaux. (Mais quelque peu gêné de ne rien acheter après être resté si longtemps dans la boutique, Tchartkov ajouta :) Attends un peu ; je vais voir si je trouve ici quelque chose à ma convenance.

S'étant baissé, il se mit à fouiller parmi de vieilles peintures poussiéreuses, à moitié effacées ; amoncelées en tas sur le plancher, elles ne jouissaient visiblement d'aucune estime. Il y avait là de vieux portraits de famille dont les descendants auraient été sans doute introuvables ; des toiles déchirées sur lesquelles on ne distinguait à peu près rien, des cadres dédorés. En un mot, toutes sortes de débris. Mais le jeune homme se mit à les examiner. « Qui sait ? songeait-il, peut-être trouverai-je quelque chose ! » Il avait plus d'une fois entendu parler de tableaux de grands maîtres découverts parmi les balayures d'une boutique de bric-à-brac.

Voyant où il farfouillait, le marchand cessa de se démener, retrouva sa mine importante et reprit sa place habituelle près de la porte d'où il appelait les passants en leur désignant la boutique de la main. « Par ici, mon petit père ! Voilà des tableaux ! Entrez, entrez ! Ils viennent d'arriver de la salle des ventes ! » Ayant crié ainsi tout son soûl, presque toujours en vain, et bavardé son content avec le marchand de chiffons qui juste en face se tenait également sur le seuil de sa petite boutique, il se rappela qu'il avait un client chez lui ; tournant le dos à la foule il rentra dans la boutique.

– Eh bien, mon petit père, avez-vous fait votre choix ?

Le peintre se tenait déjà depuis un long moment immobile devant un portrait dans un cadre immense, autrefois splendide, mais qui ne conservait maintenant que quelques traces de dorure çà et là.

C'était le visage desséché d'un vieillard aux pommettes saillantes, au teint de bronze. Les traits de ce visage semblaient avoir été saisis à un moment où ils étaient en proie à une agitation convulsive, et la violence qui s'y exprimait n'avait rien de nordique : c'était l'ardeur d'un midi flamboyant que l'auteur y avait fixée. Le vieillard était drapé dans un ample manteau oriental. Si poussiéreux et abîmé que fût le portrait, l'ayant nettoyé, Tchartkov décela le travail d'un maître. Il paraissait inachevé mais la puissance du pinceau était frappante. Le plus extraordinaire, c'étaient les yeux : le peintre semblait y avoir consacré tout son talent, toute l'énergie de son pinceau. Ces yeux regardaient, ils regardaient littéralement du fond du tableau, à tel point que leur étrange vivacité en détruisait l'harmonie. Lorsque le jeune homme approcha le tableau de la porte, le regard se fit encore plus intense. Et la foule eut presque la même impression. Une femme s'écria : « Il regarde ! il regarde ! » Et elle recula. Tchartkov éprouva un sentiment pénible, indéfinissable, et posa le portrait à terre.

– Eh bien, prenez le portrait, dit le patron.

– Combien ? demanda le jeune homme.

– Pourquoi serais-je exigeant ? Donnez-m'en soixante-quinze kopecks.

– Non.

– Alors qu'offrez-vous ?

– Vingt kopecks, dit le peintre prêt à partir.

– Eh, en voilà un prix !... Mais pour vingt kopecks vous n'auriez même pas le cadre. Sans doute n'avez-vous pas véritablement l'intention de l'acheter... Monsieur, monsieur, revenez ! Ajoutez au moins dix kopecks ! Prenez, prenez ! Donnez vingt kopecks !... Vrai, uniquement pour que vous m'étrenniez, parce que vous êtes mon premier acheteur, uniquement pour cela.

Sur ce il agita la main comme pour dire : « Tant pis, un tableau de perdu ! »

Ainsi Tchartkov, qui ne s'y attendait aucunement, se trouva avoir acheté un vieux portrait. « Pourquoi l'ai-je acheté ? se demandait-il. Qu'en ai-je besoin ? » Mais rien à faire ! Il sortit de sa poche une pièce de vingt kopecks, la tendit au marchand et partit, le portrait sous le bras. En chemin il se rappela qu'il venait de donner ses derniers vingt kopecks. Son humeur s'assombrit : le dépit et un morne sentiment de vide l'envahirent au même instant. « Au diable ! Ce monde est bien mauvais ! » dit-il avec la conviction d'un Russe dont les affaires vont mal. Et presque machinalement il hâta le pas, indifférent à tout.

La lueur rouge du couchant recouvrait encore une moitié du ciel et répandait sa tiède lumière sur les maisons situées en face, tandis que d'autre part s'étendait le rayonnement bleuâtre et froid de la lune. Les maisons et les jambes des passants projetaient sur le sol des ombres légères, presque transparentes, pareilles à de longues queues. L'étrange lumière de ce ciel, diaphane, équivoque, finit par attirer l'attention du peintre dont les lèvres laissèrent échapper ces mots : « Quels tons délicats ! » et immédiatement après : « Au diable ! C'est vexant ! » Puis, remontant le portrait qui glissait continuellement de dessous son aisselle, il hâta le pas.

Épuisé et en transpiration, il atteignit enfin son logis dans la quinzième avenue de Vassili Ostrov[1]. Il monta péniblement, essoufflé, l'escalier inondé d'eaux ménagères et orné des traces qu'y déposaient chiens et chats. Au coup qu'il frappa à sa porte il n'obtint pas de réponse : il n'y avait personne. S'étant appuyé au rebord de la fenêtre, il s'apprêtait à une longue attente lorsqu'il entendit derrière lui les pas de son homme à tout faire, un gars en chemise bleue, qui lui servait de modèle, broyait ses couleurs et balayait le plancher, pour le salir aussitôt de ses bottes. Il s'appelait Nikita et en l'absence de son maître passait tout son temps au-dehors. Il tâtonna longuement, à cause de l'obscurité, avant de parvenir à introduire la clef dans la serrure. La porte enfin ouverte, Tchartkov entra dans l'antichambre où régnait un froid insupportable, comme chez la plupart des peintres qui d'ailleurs n'y font pas attention. Sans se débarrasser de son manteau entre les mains de Nikita, le jeune homme passa dans l'atelier, vaste pièce carrée, basse de plafond, aux vitres givrées, remplie de tout un bric-à-brac artistique : fragments de mains en plâtre, cadres tendus de toile, esquisses commencées et abandonnées, draperies suspendues aux chaises.

Fatigué, il enleva son manteau, posa distraitement le portrait entre deux petites toiles et se laissa tomber sur un divan étroit dont on n'eût pu dire qu'il était tendu de cuir, car celui-ci et la rangée de clous de cuivre qui le fixait autrefois existaient depuis longtemps chacun pour soi, de sorte que Nikita fourrait sous le cuir bas noirs, chemises, tout le linge sale.

1. L'île Vassili, à l'embouchure de la Néva.

Étant resté un moment étendu – pour autant qu'il était possible de s'étendre sur ce petit divan étroit – le jeune homme réclama une bougie.

– Pas de bougie, dit Nikita.

– Comment ? Il n'y en a pas ?

– Mais hier déjà il n'y en avait plus.

Le peintre se rappela que déjà la veille, on manquait effectivement de bougie. Il se tut, se laissa dévêtir et endossa sa robe de chambre fort usée.

– Et puis, le propriétaire est venu, dit Nikita.

– Oui, pour se faire payer, je le sais, dit le peintre avec un geste de la main.

– Et il n'est pas venu seul, continua Nikita.

– Avec qui donc ?

– Je ne sais pas… avec un commissaire de police.

– Un commissaire ? Pourquoi ?

– Je ne sais pas pourquoi… Il disait que le terme n'était pas payé.

– Eh bien, que va-t-il se passer ?

– Je ne sais pas ce qui va se passer… S'il ne veut pas payer, qu'il disait, qu'il déménage. Ils reviendront demain.

– À leur aise ! fit Tchartkov avec une indifférence mélancolique, et il s'abandonna à son humeur morose.

C'était un peintre de talent, promis à un bel avenir. À certains moments, comme par à-coups, ses œuvres témoignaient de dons d'observation, de réflexion, de ses élans vers la nature. « Prends garde, mon ami, lui répétait son professeur. Tu as du talent. Ce serait péché de le dissiper. Mais tu es impatient. Quelque chose t'attire, te plaît, et tu ne t'occupes plus de rien d'autre, le reste n'existe pas pour toi, tu t'en moques, tu n'y jettes pas un regard. Prends garde de ne pas devenir un peintre à la mode. Tes couleurs commencent déjà à se heurter avec un peu trop de désinvolture. Ton dessin n'est pas suffisamment ferme, parfois lâche même, la ligne manque de netteté. Tu te laisses déjà séduire par l'éclairage à la mode, par le tape-à-l'œil. Fais attention, encore un peu et tu vas sombrer dans le genre anglais... Prends garde, la vie mondaine t'attire. Je te vois parfois un foulard élégant au cou, un chapeau à reflets. Il est certes tentant de gagner de l'argent avec de petits tableaux au goût du jour, des portraits ; mais le talent ne se développe pas ainsi, il se perd. Patiente, réfléchis bien en te mettant à l'ouvrage. Ne te soucie pas d'élégance. Que les autres gagnent de l'argent ! Ton heure viendra. »

Le professeur avait en partie raison. Notre peintre avait envie parfois de s'amuser, de bien s'habiller, bref, de profiter de temps à autre de sa jeunesse. Cependant il était capable de se dominer. Le pinceau en main, il lui arrivait de tout oublier ; et lorsqu'il l'abandonnait, il sortait, lui semblait-il, d'un beau songe. Son goût se développait visiblement. Il ne comprenait pas encore toute la profondeur de Raphaël, mais était déjà sous le charme de la manière large et rapide du Guide, s'arrêtait devant les portraits du Titien, admirait les Flamands. L'ombre qui enveloppe les vieux tableaux ne s'était pas encore complètement dissipée pour lui, mais il commençait à la percer, bien que dans son for intérieur il ne fût pas d'accord avec son professeur selon qui les vieux maîtres nous dépassaient infiniment. Sous certains rapports même, croyait Tchartkov, le XIXe siècle leur était de beaucoup supérieur ; il avait atteint dans l'imitation de la nature plus de vie, plus d'éclat. En un mot, il jugeait en l'occurrence comme juge généralement la jeunesse lorsqu'elle prend orgueilleusement conscience de ce qu'elle a déjà accompli.

Il s'irritait parfois de voir un peintre étranger de passage, un Français, un Allemand, qui peut-être n'avait même pas de vocation artistique, faire sensation et, grâce uniquement à l'éclat de sa couleur, à la désinvolture conventionnelle de son pinceau, gagner en un clin d'œil une fortune.

Ces pensées ne lui venaient pas les jours où absorbé dans son travail il en oubliait le boire et le manger, il oubliait le monde entier ; elles survenaient lorsqu'il se trouvait aux prises avec les nécessités de la vie, lorsqu'il ne pouvait acheter ni pinceaux ni couleurs, et qu'un propriétaire importun venait dix fois par jour lui réclamer l'argent du loyer. Alors son imagination surexcitée par la faim lui rendait enviable le sort du peintre riche, et l'idée lui venait – idée qui surgit fréquemment dans une tête russe – de tout envoyer au diable et de faire la noce, par dépit, envers et contre tout. Et tel était à peu près son état d'esprit en ce moment.

« Patience, patience ! se dit-il. Oui, mais il y a tout de même une limite à la patience ! Patience ! mais avec quel argent dînerai-je demain ? Personne ne m'en prêtera. Et si je vendais tous mes tableaux, tous mes dessins, on ne m'en donnerait que vingt kopecks. Ils m'ont été certainement utiles, je le sens ; ce n'est pas en vain que j'y ai travaillé, chacun d'eux m'a appris quelque chose. Mais à quoi bon !... Des études, des esquisses, et puis encore des études et des esquisses ! Et ainsi sans fin... Et qui donc les achètera, mon nom étant inconnu ? Et qui d'ailleurs a besoin de dessins d'après l'antique ou d'après un modèle d'atelier, de mon *Amour de Psyché* inachevé, de la perspective de ma chambre, du portrait de Nikita, supérieur pourtant, à franchement parler, aux œuvres de tel portraitiste à la mode ?... En somme, pourquoi est-ce que je me torture et peine sur l'alphabet ainsi qu'un élève, alors que je pourrais briller comme tant d'autres et devenir riche tout comme eux ?... »

À peine eut-il prononcé ces mots qu'il tressaillit et pâlit. Un visage convulsé le regardait, qui semblait sortir d'une toile posée sur le plancher ; deux yeux terrifiants fixaient les siens comme s'ils se disposaient à le dévorer, la bouche menaçante imposait le silence. Épouvanté, le jeune homme allait crier, appeler Nikita dont les ronflements puissants lui parvenaient de l'antichambre. Mais il se ressaisit et éclata de rire, sa peur dissipée : c'était le portrait qu'il venait d'acheter et qu'il avait totalement oublié. La lumière de la lune qui éclairait la pièce était tombée sur lui et lui avait communiqué une vie étrange. Tchartkov se mit à l'examiner et à le frotter. Ayant passé sur lui à plusieurs reprises une éponge humide et enlevé ainsi les saletés qui s'y étaient incrustées, il l'accrocha au mur, et la qualité de l'œuvre le frappa encore davantage : le visage avait presque repris vie et les yeux le regardaient si intensément qu'il tressaillit et recula, stupéfait : « Il regarde, s'exclama-t-il, il regarde avec des yeux humains ! » Il se souvint brusquement de ce que son professeur lui avait naguère conté, au sujet du portrait que l'illustre Léonard de Vinci, après y avoir travaillé pendant des années, considéra toujours comme inachevé, mais qui, selon Vasari, était au jugement de tous l'œuvre la plus parfaite, la plus achevée. Les yeux surtout émerveillaient les contemporains ; les moindres veines à peine visibles se trouvaient reproduites sur la toile.

Pourtant le portrait que Tchartkov avait devant lui présentait quelque chose de bizarre qui n'était déjà plus de l'art, qui détruisait même l'harmonie de l'œuvre : les yeux vivaient, c'étaient des yeux humains ! On les eût dits arrachés à un être vivant et enchâssés ici. On ne ressentait plus cette noble volupté qui s'empare de l'âme devant l'œuvre de l'artiste, si horrible que soit son sujet ; on éprouvait ici un sentiment pénible, angoissant. « Que signifie cela ? » se demandait involontairement le peintre. « C'est tout de même la nature, la nature vivante ! Pourquoi donc ce sentiment étrange, pénible ? Faut-il croire que l'imitation littérale, servile, de la nature est déjà en soi criminelle et résonne comme un cri aigu, discordant ? Ou bien faut-il croire que si l'on traite l'objet avec indifférence, si l'on ne sympathise pas avec lui, il apparaît nécessairement dans son affreuse réalité ? Non éclairé par la lumière de cette pensée mystérieuse cachée en tout, il prend alors l'aspect sous lequel apparaît le corps humain lorsque voulant comprendre sa beauté, armé d'un bistouri on le dissèque et l'on découvre l'horreur du corps humain. Pourquoi la simple, la vulgaire nature se montre-t-elle chez tel peintre dans une sorte de clarté et, loin de se sentir avili, le spectateur éprouve au contraire une jouissance après laquelle tout coule, se meut autour de lui plus régulièrement, plus sereinement ? Et pourquoi cette même nature paraît-elle chez un autre peintre triviale, sale ? Pourtant, ne lui a-t-il pas été fidèle lui aussi ? Non, non, et non ! Il lui manque une certaine lumière… Ainsi en est-il d'un paysage dans la nature : si beau qu'il soit il lui manque quelque chose en l'absence du soleil. »

Tchartkov s'approcha de nouveau du portrait pour examiner ces yeux extraordinaires et s'aperçut, horrifié, qu'ils semblaient en effet le regarder. Ce n'était plus une copie de la nature, c'était la vie étrange qui aurait éclairé le visage d'un mort sorti de sa tombe. Était-ce l'effet de la lune, cette inspiratrice de rêves morbides, qui prête aux choses un aspect tout différent de celui qu'elles présentent dans la réalité diurne, ou de quelque autre cause ? En tout cas, le peintre eut peur soudain de sa solitude dans cette pièce. Il s'éloigna doucement du portrait, s'en détourna, s'efforça de ne plus le regarder ; pourtant, il lui jetait involontairement des regards obliques. Pour finir, il n'osa même plus marcher dans la pièce ; il lui semblait que quelqu'un allait le suivre, et à tout moment il se retournait craintivement. Il n'avait jamais été peureux, mais ses nerfs, son imagination étaient sensibles, et ce soir-là il ne parvenait pas à s'expliquer sa crainte instinctive. Il s'assit dans un coin ; mais là encore il lui semblait que quelqu'un allait se pencher par-dessus son épaule pour le dévisager. Et les ronflements de Nikita, qui lui parvenaient de l'antichambre, ne dissipaient pas sa peur. Lentement, sans lever les yeux, il quitta sa place et alla s'étendre sur son lit derrière un paravent. À travers une fente il pouvait voir l'atelier éclairé par la lune et le portrait au mur en face. Les yeux le fixaient d'une façon plus terrifiante encore et plus significative, comme s'ils ne voulaient regarder rien d'autre que lui. En proie à l'angoisse, il se releva, saisit un drap et en recouvrit entièrement le portrait.

Cela fait, il se recoucha plus calme et se prit à songer à la misère des peintres, à leur destin pitoyable et à la voie douloureuse qui lui était promise, à lui, sur cette terre. Il ne pouvait s'empêcher toutefois de regarder à travers la fente du paravent le portrait recouvert du drap dont la lune intensifiait la blancheur. Et il lui parut que les terribles yeux transparaissaient peu à peu à travers la toile. Épouvanté, il y attacha son regard comme pour se convaincre que c'était absurdité pure. Et cependant, non… il voit, il voit nettement… le drap a disparu, le portrait est entièrement découvert et, négligeant tout ce qui l'entoure, le regarde droit dans les yeux ; il fouille littéralement son âme. Son cœur se glaça. Et voici que le vieillard remue, s'appuie des deux mains au cadre, se soulève, sort les jambes et saute à terre… À travers la fente du paravent, on voit maintenant le cadre vide… Un bruit de pas retentit dans la pièce ; il se rapproche… Le cœur du pauvre peintre se mit à battre violemment ; le souffle coupé par l'effroi, il s'attendait à tout moment que le vieillard vînt jeter un coup d'œil derrière le paravent. Et en effet, il apparut derrière le paravent, et ses grands yeux roulaient dans son visage de bronze. Tchartkov voulut crier, mais sentit qu'il n'avait plus de voix ; il tenta de bouger, de faire un mouvement quelconque, mais ses membres ne remuaient plus. La bouche ouverte, la respiration paralysée, il regardait la haute silhouette du fantôme vêtu d'une sorte de manteau oriental, et attendait ce qu'il allait faire. Le vieillard s'assit presque à ses pieds, puis il sortit quelque chose de son ample manteau ; c'était un sac. Il le dénoua, et le saisissant par les deux bouts, le secoua : de lourds rouleaux, pareils à de petites colonnes, tombèrent avec un bruit sourd sur le plancher. Chacun était enveloppé de papier bleu et portait l'inscription : *1 000 ducats.* Ayant dégagé ses mains osseuses des larges manches, le vieillard se mit à défaire les rouleaux. L'or brilla. Quelles que fussent l'angoisse et la terreur folle du peintre, il dévorait l'or des yeux ; immobile, il le regardait scintiller entre les mains décharnées qui défaisaient et refaisaient les rouleaux, il écoutait son tintement frêle. Et il s'aperçut que l'un des rouleaux était tombé à l'écart des autres, tout près de son chevet. Il s'en empara d'un geste convulsif en regardant avec effroi le vieillard : ne l'avait-il pas vu ? Mais celui-ci paraissait très occupé. Il ramassa tous ses rouleaux, les remit dans le sac et partit sans un regard pour le jeune homme.

Le cœur battant, Tchartkov écoutait le bruit des pas qui s'éloignait. Sa main se crispait sur le rouleau qu'il tremblait de perdre, lorsque soudain il entendit les pas se rapprocher du paravent : sans doute le vieillard s'était-il aperçu qu'il lui manquait un rouleau. Et il apparut de nouveau, jeta encore un coup d'œil au peintre... Celui-ci, au désespoir, serra violemment le rouleau, fit un effort pour bouger, poussa un cri et s'éveilla...

Il était inondé de sueur, son cœur battait avec une violence qui ne pouvait être dépassée, sa poitrine était oppressée comme si elle allait laisser échapper son dernier souffle. « Ce n'était donc qu'un rêve ! Est-il possible ? » dit-il en se prenant la tête à deux mains. Pourtant la netteté de la terrible apparition n'avait rien d'un rêve. Revenu déjà à lui, il avait vu le vieillard rentrer dans le cadre, il avait même vu onduler un pan de son ample vêtement ; sa main d'ailleurs avait encore l'impression d'avoir tenu un instant auparavant quelque chose de lourd. La lune qui éclairait la pièce extrayait de ses recoins obscurs ici une main de plâtre, là une draperie sur une chaise, une toile, ailleurs des pantalons, des chaussures sales. C'est alors seulement qu'il s'aperçut qu'il n'était plus couché, mais se tenait debout devant le portrait. Comment se trouvait-il là ? Il ne parvenait pas à le comprendre. Ce qui le surprit encore davantage, c'est que le portrait fût découvert ; le drap ne l'enveloppait plus. Figé de peur, il voyait des yeux humains, vivants, plonger en lui. Une sueur froide couvrit son visage ; il voulut s'éloigner, mais ses pieds semblaient enracinés au sol. Et il vit – non, ce n'était certainement pas un rêve ! –, il vit bouger les traits du vieillard, ses lèvres s'allonger vers lui comme pour l'aspirer… Il se rejeta en arrière avec un cri désespéré et se réveilla…

« Aurait-ce été encore un rêve ? » Le cœur battant à se rompre, il tâta des mains alentour de soi. Oui, il était sur son lit, derrière le paravent, dans la position même où il s'était endormi. Le rayonnement lunaire remplissait l'atelier, et à travers la fente du paravent on voyait le portrait recouvert du drap, exactement comme il l'avait lui-même étendu. Cela aussi avait donc été un rêve. Mais la main crispée se souvenait encore qu'elle avait serré quelque chose ; le cœur palpitait violemment, l'angoisse était insupportable… À travers la fente il ne quittait pas le drap des yeux. Et voilà qu'il le voit clairement s'entrouvrir comme si des mains s'agitaient par-dessous, s'efforçant de le rejeter. « Mon Dieu ! Qu'est-ce cela ? » s'écria-t-il horrifié en se signant… et il s'éveilla.

Un rêve, encore, toujours ! Il bondit hors du lit, éperdu, à moitié fou, ne comprenant absolument rien à ce qui lui arrivait. Était-ce un cauchemar, les sortilèges d'un démon, le délire de la fièvre, ou s'agissait-il d'un être réel ? Il alla vers la fenêtre et ouvrit le vasistas pour essayer d'apaiser son agitation, de calmer le torrent de sang qui roulait impétueusement dans ses veines. Et le souffle du vent froid le ranima. La lune répandait toujours sa lumière sur les toits et les murs blancs des maisons, bien que le ciel fût maintenant plus fréquemment parcouru de petits nuages. Le silence régnait. Parfois seulement l'oreille percevait au loin, au fond de quelque ruelle invisible, le bruit grinçant d'un fiacre dont le cocher dormait au pas de sa rosse paresseuse, dans l'attente d'un client attardé.

Le peintre resta un long moment à regarder, la tête hors du vasistas. Les signes avant-coureurs de l'aube apparaissaient déjà au ciel. Sentant ses paupières s'appesantir, il ferma le vasistas, s'éloigna, s'étendit sur son lit et sombra bientôt dans un sommeil de plomb.

Il s'éveilla très tard, et dans cet état désagréable que l'on éprouve lorsqu'on a dormi dans un air vicié ; il avait mal à la tête… Le jour était blafard, il régnait dans l'atelier une humidité pénétrante qui s'introduisait par les fissures des fenêtres encombrées de tableaux et de toiles préparées. Sombre, mécontent, tel un coq trempé, il s'assit sur son divan déchiré, ne sachant au juste ce qu'il allait faire, quand il se souvint brusquement de son rêve. À mesure qu'il se le rappelait, ce rêve acquérait dans son imagination une réalité si angoissante qu'il se demanda : était-ce vraiment un rêve, un accès de délire ou bien tout autre chose, un fantôme ?…

Il arracha le drap et examina attentivement l'étrange portrait au grand jour. L'extraordinaire vivacité des yeux était en effet surprenante, mais il n'y découvrait rien de particulièrement terrifiant ; pourtant ils éveillaient en l'âme une impression pénible, inexplicable. Malgré tout, il ne parvenait pas à se convaincre que tout cela n'avait été qu'un rêve : il lui semblait qu'un fragment de réalité s'y était étrangement introduit. Dans le regard même du vieillard et l'expression de son visage, quelque chose semblait dire qu'il était venu le visiter cette nuit. Et la main du peintre sentait encore le poids d'un objet que quelqu'un lui aurait arraché un moment auparavant. S'il avait serré le rouleau seulement un peu plus fort, lui semblait-il, il l'aurait retrouvé dans sa main à son réveil.

« Mon Dieu ! fit-il avec un profond soupir. Ne fût-ce qu'une partie de cet argent ! » Et son imagination lui fit voir les rouleaux avec leur inscription alléchante – « *1 000 ducats* » – s'échapper du sac ; l'enveloppe s'ouvrait, l'or brillait, l'enveloppe se refermait… Et lui maintenant, il restait là, assis, et regardait stupidement dans le vide, incapable de s'arracher à cette vision, comme un enfant devant un entremets qui lui fait venir l'eau à la bouche quand il voit les autres en manger.

Enfin il entendit un coup à la porte, qui le fit péniblement revenir à lui. Le propriétaire entra, accompagné du commissaire de police, personnage dont la vue, comme on le sait, est encore plus désagréable aux petites gens que ne l'est aux riches celle d'un solliciteur.

Le propriétaire de la maison modeste où habitait Tchartkov était tel que sont ordinairement les propriétaires de maisons situées quelque part dans la quinzième avenue de Vassili Ostrov ou dans les quartiers de la rive droite, ou bien encore dans une ruelle écartée du faubourg de Kolomna. C'était un homme comme on en voit beaucoup en Russie et dont le caractère se laisse aussi peu définir que la couleur d'un veston usagé. Étant jeune, il avait été capitaine, puis était entré dans l'administration ; expert en l'art de jurer et de fouetter, il était à la fois habile et sot et soignait sa mise… Avec l'âge, ses divers traits s'étaient fondus en une sorte de masse terne, indéfinissable. Veuf, à la retraite, il avait cessé de plastronner, de faire l'élégant, de chercher querelle aux gens. Il n'aimait qu'à prendre du thé en échangeant des propos oiseux avec des amis ; ou bien il arpentait sa chambre, mouchait sa chandelle. Tous les mois, régulièrement, il allait toucher son argent chez ses locataires. Une clef à la main, il sortait dans la rue pour examiner son toit et expulser le concierge du réduit où il se cachait pour dormir. Bref, après avoir mené une existence désordonnée et avoir été abondamment secoué sur les routes cahoteuses, il ne lui restait plus que de plates habitudes.

– Voyez vous-même, Baruch Kousmitch, dit le propriétaire à l'officier de police en ouvrant largement les bras. Il ne paye pas, il ne paye pas !

– Qu'y puis-je si je n'ai pas d'argent ? Attendez et je payerai.

– Mais moi, mon petit père, je ne puis attendre, répliqua le propriétaire irrité. J'ai comme locataires Pogodine, un lieutenant-colonel, depuis sept ans ; Anna Pétrovna Boukhmisterova qui loue un hangar et une écurie à deux stalles, et a trois serfs à son service… Voilà quels sont mes locataires. Pour parler net, chez moi il n'est pas admis de ne pas payer son terme. Veuillez payer immédiatement et quitter les lieux.

– En effet, puisque vous vous y êtes engagé, vous devez payer, déclara le commissaire en hochant légèrement la tête, et il glissa un doigt sous un bouton de son uniforme.

– Comment payer ! Voilà la question ! Je n'ai pas un kopeck en ce moment.

– Dans ce cas, acquittez-vous avec les produits de votre profession, dit le commissaire. Ivan Ivanovitch acceptera peut-être d'être payé en tableaux.

– Non, mon petit père, grand merci pour les tableaux ! Encore si leurs sujets étaient nobles, on aurait pu les suspendre au mur : quelque général décoré par exemple ou le portrait du prince Koutouzov. Mais lui, voyez, il a peint un moujik, un moujik en chemise, son domestique qui broie ses couleurs… Faire le portrait de ce cochon ! Il m'a chipé tous les clous des targettes, cette canaille ! Je le rosserai ! Tenez, regardez ce qu'il dessine : sa chambre. Si encore il la représentait propre, bien rangée. Mais non, il la dessine avec toute sa crasse et les débris qui traînent partout ! Voyez comme il m'a souillé cette pièce !… Chez moi on reste des sept ans, le colonel, Anna Pétrovna Boukhmisterova… Je vous le dis, il n'y a de pire locataire qu'un peintre : un cochon qui vit en cochon. Que Dieu m'en préserve !

Et tout cela, le pauvre peintre devait l'écouter patiemment. Cependant le commissaire s'était mis à examiner les tableaux, les études, et il montra aussitôt que son âme était plus sensible que celle du propriétaire, et même pas complètement inaccessible aux impressions artistiques.

– Hé ! dit-il en pointant l'index vers une toile qui représentait une femme nue. Le sujet est… comment dire… folâtre… Et pourquoi cette tache noire sous le nez de celui-ci ? Aurait-il répandu son tabac ?

– C'est l'ombre, répondit sèchement Tchartkov sans lever les yeux vers lui.

– On aurait pu la transporter en quelque autre endroit ; sous le nez elle est trop apparente, observa le commissaire. Et ce portrait, qui est-ce ? continua-t-il en s'approchant du vieillard. Il est vraiment effrayant. Était-il aussi effrayant en réalité ?… Oh ! mais il vous regarde, positivement !… Voyez-moi ce fier-à-bras ! Qui est-ce ?

– C'est un…, commença Tchartkov, mais il ne put achever la phrase : un craquement avait retenti.

Sans doute le commissaire avait-il serré un peu fort le cadre du portrait entre ses mains pataudes de policier. Les planchettes latérales s'étaient défoncées. L'une d'elles tomba par terre, entraînant dans sa chute un rouleau enveloppé de papier bleu, qui résonna lourdement. L'inscription, *1 000 ducats,* sauta aux yeux de Tchartkov. Il se précipita comme un fou pour le ramasser, et l'ayant saisi il le serra convulsivement dans sa main qui s'abaissa sous le poids.

– Ne serait-ce pas le tintement de l'argent ? dit le commissaire ; il avait entendu tomber quelque chose sur le plancher mais n'avait pu voir ce que c'était tant le geste de Tchartkov pour s'en emparer avait été rapide.

– Ce que j'ai ne vous regarde pas.

– Cela me regarde au contraire, car vous devez payer votre propriétaire, et vous avez de l'argent mais refusez de payer… Voilà ce qui importe.

– Je le payerai aujourd'hui même.

– Et pourquoi refusiez-vous jusqu'à présent et causiez-vous du dérangement au propriétaire, et à la police par surcroît ?

– Parce que je ne voulais pas toucher à cet argent. Je payerai tout ce soir même et déménagerai demain, je ne resterai pas chez un tel propriétaire.

– Eh bien, Ivan Ivanovitch, il vous payera, dit le commissaire en se tournant vers le propriétaire. Et si vous n'obtenez pas entière satisfaction ce soir, alors, excusez-nous, monsieur le peintre, nous agirons.

Sur ce, il mit son tricorne et sortit dans l'antichambre suivi du propriétaire qui, la tête basse, semblait pensif.

« Le diable les a emportés, grâce à Dieu », se dit Tchartkov en entendant se refermer la porte d'entrée. Il jeta un coup d'œil dans l'antichambre, envoya Nikita en course sous quelque prétexte pour rester seul, ferma la porte derrière lui, rentra dans sa chambre et, le cœur battant, se mit en devoir de défaire le rouleau. Il contenait des ducats, tous neufs, étincelants telles des flammes. Assis devant le tas d'or, Tchartkov, à moitié fou, ne cessait de se demander : « N'est-ce point un rêve ? » Il y avait exactement mille ducats dans le rouleau, semblable en tout à ceux dont il avait rêvé. Il passa quelques minutes à palper les pièces, à les examiner, sans parvenir à reprendre ses esprits.

Toutes les histoires de trésors enfouis, de cassettes munies de tiroirs secrets légués par des ancêtres prévoyants à leurs descendants, surgirent soudain dans son imagination. Il songeait : « Quelque aïeul, en l'occurrence, n'avait-il pas eu de même l'idée de laisser à son petit-fils un cadeau dissimulé dans le cadre d'un portrait de famille ? » Saisi d'un délire romantique, il se demandait même s'il n'y avait pas là quelque rapport secret avec son propre destin, si l'existence du portrait n'était pas liée à la sienne et s'il ne lui était pas prédestiné. Poussé par la curiosité, il se mit à examiner le cadre. Une petite gorge avait été aménagée dans un des côtés et si habilement recouverte d'une planchette qui la rendait invisible que les ducats y seraient restés paisiblement jusqu'à la fin des siècles sans l'intervention de la grosse patte du commissaire.

Considérant le portrait, il fut frappé à nouveau de la haute qualité du travail, de l'extraordinaire fini des yeux : ils ne lui paraissaient plus effrayants maintenant. Et cependant ils éveillaient chaque fois en l'âme un trouble pénible. « De qui que tu sois l'aïeul, se dit-il, je te placerai en tout cas sous verre et te donnerai en remerciement un cadre doré ! » Il couvrit de la main le tas d'or étalé devant lui et son cœur battit violemment à ce contact. « Qu'en faire ? se demandait-il en le considérant. Ma vie maintenant est assurée pour trois ans au moins... Je puis m'enfermer dans mon atelier, travailler. J'ai de quoi acheter des couleurs, de quoi payer repas, thé, logement, tout mon entretien. Personne ne viendra m'ennuyer, m'empêcher de travailler. Je m'achèterai un bon mannequin, me commanderai un petit torse de plâtre, modèlerai les jambes ; je placerai une Vénus ; j'aurai des gravures des meilleurs tableaux. Si je travaille trois ans sans me hâter, sans songer à vendre, je les battrai tous et deviendrai un bon peintre. »

Ainsi parlait-il en accord avec ce que lui soufflait la raison ; mais une autre voix se faisait entendre en lui, plus puissante, plus sonore. Et quand il eut jeté un nouveau regard à l'or, ses vingt-deux ans et son ardente jeunesse tinrent un langage différent. Tout ce qu'il avait contemplé jusqu'ici avec des yeux envieux, tout ce qu'il avait admiré de loin, l'eau à la bouche, était maintenant à sa disposition. Oh ! comme battait son cœur dès qu'il y songeait seulement ! Porter un frac à la mode, fêter la fin de son long jeûne, louer un bel appartement, aller ce soir même au théâtre, chez le pâtissier, à... etc. ! Il saisit l'argent et se trouva dans la rue.

Avant tout, il se rendit chez un tailleur et s'habilla de neuf des pieds à la tête ; puis ne cessant de s'admirer comme un enfant, il acheta des parfums, des pommades, loua sans marchander, à première vue, un splendide appartement sur la perspective Nevsky, avec des glaces et des vitres d'une seule pièce. Il acheta par hasard, en passant, un face-à-main fort coûteux et, toujours par hasard, quantité de cravates, plus qu'il n'en avait besoin. Il se fit friser les cheveux chez un coiffeur, parcourut deux fois la ville en calèche sans nulle raison, se bourra de bonbons dans une confiserie et entra chez un restaurateur français dont il se faisait jusqu'ici une idée aussi vague que de l'empire de Chine. Il y dîna d'un air désinvolte, en jetant des regards assez fiers aux autres dîneurs, en ne cessant de se contempler dans une glace en face de lui et d'arranger sa chevelure… Il but une bouteille de champagne pour la première fois de sa vie. Le vin lui porta à la tête et il se retrouva dans la rue dans cette disposition d'esprit où, selon l'expression russe, on traite le diable de compère à compagnon. Il se promena, faisant la roue, braquant son face-à-main sur les passants. Ayant aperçu sur le pont son ancien professeur, il passa rapidement devant lui comme s'il ne l'avait pas vu, si bien que l'autre, stupéfait, resta longtemps immobile, le visage en point d'interrogation.

Le même soir, tout ce qui se trouvait dans l'atelier – chevalet, toiles, tableaux – fut transporté dans le splendide appartement. Tchartkov disposa bien en vue ce qu'il avait de mieux ; le reste il le jeta dans un coin. Il arpentait les magnifiques pièces en se regardant constamment dans les grandes glaces. Le désir invincible de saisir immédiatement la gloire par le collet et de montrer à tous ce qu'il pouvait faire, surgit à nouveau dans son âme. Il entendait déjà crier partout : « Tchartkov ! Tchartkov ! Avez-vous vu le tableau de Tchartkov ! Quel coup de pinceau ! Quel puissant talent ! » Il marchait de long en large dans une sorte d'extase, emporté Dieu sait où par son imagination.

Le lendemain même, muni d'une dizaine de ducats, il alla demander à l'éditeur d'un quotidien très répandu de lui venir généreusement en aide. Le journaliste le reçut cordialement, le traita aussitôt de « Maître » en lui serrant les mains, s'enquit minutieusement de son nom, de celui de son père, de son domicile, et dès le lendemain, à la suite d'une réclame pour de nouvelles chandelles, le journal publiait sous le titre : *L'extraordinaire talent de Tchartkov,* l'article suivant :

« Nous nous hâtons de réjouir les habitants éclairés de la capitale en leur annonçant une acquisition magnifique à tous points de vue, peut-on dire. Tout le monde est d'accord pour reconnaître qu'il se trouve parmi nous nombre de physionomies intéressantes, de beaux visages; mais il nous manquait jusqu'ici les moyens miraculeux qui permettent de les transposer sur la toile pour les confier à la postérité. Cette lacune est comblée maintenant: un peintre s'est trouvé qui réunit en lui tout ce qu'il faut pour cela. Désormais nos beautés pourront être sûres de se voir reproduites dans toute leur grâce aérienne, légère, délicieuse, agréable, merveilleuse, pareille à celle des papillons voletant de fleur en fleur. Le respectable père de famille se verra entouré de toute sa famille. Le marchand, le guerrier, le citoyen, l'homme d'État, tous prolongeront leur carrière avec une ardeur renouvelée... Hâtez-vous, hâtez-vous! Passez chez lui en rentrant de promenade, d'une entrevue avec un ami, d'une visite à une cousine, en sortant d'un brillant magasin! Hâtez-vous, d'où que vous veniez! Le splendide atelier du peintre (perspective Nevsky, numéro...) regorge de portraits dus à son pinceau, dignes des Van Dyck et des Titien. On ne sait ce qui frappe en eux davantage: leur fidélité, leur ressemblance avec l'original ou l'extraordinaire éclat, la fraîcheur des couleurs. Gloire à vous, ô peintre! Vous avez tiré un bon numéro à la loterie. Vive André Pétrovitch! (Le journaliste affectionnait visiblement le ton familier.) Travaillez à votre renommée et à la nôtre! Nous saurons vous rendre justice. L'affluence générale et en conséquence la fortune (bien que certains parmi nous, journalistes, la dédaignent) seront votre récompense. »

Tchartkov lut cette publicité avec un secret plaisir. Son visage rayonnait. La presse parlait de lui, et cela était tout nouveau pour lui. Il lut et relut ces lignes. La comparaison avec Van Dyck et Titien le flatta énormément. La phrase: « Vive André Pétrovitch! » lui plut également beaucoup. Un journal l'appelait par son nom et son patronyme! C'était un honneur qu'il n'avait jamais encore connu. Il se mit à arpenter la pièce d'un pas rapide en ébouriffant ses cheveux. Il s'asseyait dans un fauteuil, puis se levait brusquement pour s'asseoir sur un divan, tout en se représentant comment il allait recevoir visiteurs et visiteuses. Il s'approchait d'une toile, mimait le geste désinvolte et élégant de la main maniant le pinceau.

Le jour suivant, on sonna à sa porte ; il courut ouvrir. Une dame entra suivie d'un valet en livrée doublée de fourrure : la dame était accompagnée d'une toute jeune fille de dix-huit ans, sa fille.

– Monsieur Tchartkov ? s'enquit la dame.

Le peintre s'inclina.

– On écrit tant de choses sur vous. Vos portraits sont le comble de la perfection, paraît-il. (La dame approcha son face-à-main de ses yeux et courut examiner les murs sur lesquels il n'y avait rien.) Mais où sont vos portraits ?

– On les a emportés, répondit le peintre quelque peu troublé. Je viens d'emménager dans cet appartement et ils sont encore en route… ils ne sont pas arrivés…

– Vous avez été en Italie ? demanda la dame qui, ne trouvant rien d'autre à examiner, tourna vers lui son face-à-main.

– Non, mais j'avais l'intention d'y aller… D'ailleurs, pour le moment j'ai remis ce voyage à plus tard… Voici des fauteuils, vous êtes sans doute fatiguées ?

– Je vous remercie, je suis restée longtemps assise en voiture. Ah, j'aperçois enfin vos œuvres ! dit la dame en courant vers le mur opposé, et elle braqua son face-à-main sur les études, les perspectives et les portraits posés à terre. « *C'est charmant, Lise ! Lise, venez ici*[1] ! Une chambre dans le goût de Teniers. Tu vois ? Du désordre, du désordre, une table, sur la table un buste, une main, une palette… Et voilà de la poussière… Vois comme la poussière est dessinée ! *C'est charmant !* Et sur cette autre toile, une femme se lavant le visage.

1. En français dans le texte, ainsi que les mots en italique qui suivent.

Quelle jolie figure !... Ah, *ce petit moujik ! Lise, Lise,* un petit moujik en chemise russe ! Regarde, un petit moujik !... Vous ne faites donc pas seulement des portraits ?

– Oh, ce n'est pas grand-chose... des amusettes... des études.

– Dites-moi, quelle est votre opinion sur les portraitistes actuels ? Il n'y en a plus comme le Titien maintenant, n'est-il pas vrai ? Ce n'est plus cette force de coloris, cette... Quel dommage que je ne puisse exprimer en russe... (La dame était amateur de peinture et avait parcouru avec son face-à-main toutes les galeries d'Italie.) Cependant, M. Nol[1]... Ah, comme il peint ! Quel pinceau extraordinaire ! Je trouve même qu'il y a plus d'expression dans ses visages que dans ceux du Titien. Vous ne connaissez pas M. Nol ?

– Qui est ce Nol ?

– M. Nol ? Ah, quel talent ! Il a peint Lise quand elle n'avait pas douze ans. Il faut absolument que vous veniez chez nous. Lise, montre-lui ton album. Vous savez, nous sommes venues pour que vous commenciez immédiatement son portrait.

– Comment donc ! Je suis prêt à l'instant.

Il avança rapidement son chevalet tendu de toile, prit sa palette, fixa intensément le petit visage pâle de la jeune fille. S'il eût connu la nature humaine, il eût aussitôt lu sur ce visage une passion enfantine pour les bals, l'ennui, le poids des heures creuses précédant et suivant le dîner, le désir de courir fêtes et réceptions en arborant de nouvelles toilettes, et aussi les traces d'une morne application à divers arts, indispensables, selon la mère, à l'éducation de l'âme et du sentiment. Mais le peintre ne voyait qu'un visage délicat dont la chair, qui avait la transparence de la porcelaine, tentait son pinceau, une sorte de langueur séduisante, un cou fin et blanc, la grâce aristocratique de la taille. Et il se préparait déjà à triompher, à montrer l'éclat et la légèreté de

1. *Nol* signifie en russe zéro.

son pinceau qui n'avait eu encore affaire qu'aux traits durs de grossiers modèles, aux sévères antiques et aux copies de quelques maîtres classiques. Il voyait déjà en imagination apparaître sur sa toile ce visage fragile.

– Vous savez, dit la dame, et ses traits prirent une expression presque touchante… Je voudrais… Elle porte une robe… Je ne voudrais pas, je vous l'avoue, qu'elle soit dans la robe à laquelle nous sommes tellement habitués. Je voudrais qu'elle soit vêtue simplement et assise à l'ombre d'un arbre, au milieu de quelque pré, avec au loin des troupeaux ou un bois… Pour qu'elle n'ait pas l'air de se préparer à aller au bal ou à quelque soirée mondaine… Ces bals, je vous l'avoue, tuent à tel point l'âme, détruisent à tel point les derniers restes de nos sentiments !… Il faudrait, comprenez-vous ? que tout soit aussi simple que possible ! (Hélas ! les visages cireux de la mère et de la fille montraient qu'elles avaient dansé à ces bals à n'en plus pouvoir.)

Tchartkov se mit au travail. Il installa son modèle, il réfléchit un moment, prit mentalement ses points de repère en traçant une ligne imaginaire du bout de son pinceau, ferma à demi un œil, recula, regarda de loin, commença son esquisse et l'acheva en une heure… Il en fut satisfait et se mit à peindre. Dans le feu du travail il avait tout oublié, oublié même la présence de deux dames de l'aristocratie. Repris par de vieilles habitudes, il laissait échapper des sons inarticulés, chantonnait de temps à autre, ainsi qu'il arrive aux peintres plongés dans leur travail. Sans cérémonie, rien que d'un mouvement de pinceau, il faisait redresser la tête à son modèle, qui commençait à s'agiter et à manifester une extrême fatigue.

– Assez, cela suffit pour la première séance, dit la dame.

– Encore un moment, dit Tchartkov, que son travail absorbait.

– Non, il est temps. Lise, il est trois heures. – La dame sortit une petite montre attachée à sa ceinture par une chaînette d'or. – Oh, qu'il est tard ! s'écria-t-elle.

– Une petite minute seulement ! insista Tchartkov d'une voix enfantine, naïve, suppliante.

Mais la dame ne paraissait aucunement disposée à satisfaire ce jour-là les exigences artistiques du peintre. Elle lui promit en revanche de rester davantage la prochaine fois.

« C'est tout de même vexant, se disait Tchartkov. Je commençais seulement à m'échauffer. » Et il se souvint que personne ne l'interrompait, ne l'arrêtait lorsqu'il travaillait dans son atelier de Vassili Ostrov. Nikita pouvait rester assis des heures sans bouger et tu le peins aussi longtemps que le cœur t'en dit... Il lui arrivait même de s'endormir sans quitter la pose... Mécontent, Tchartkov déposa sur une chaise palette et pinceau et considéra la toile d'un air vague.

Un compliment de la dame le tira de sa songerie. Il se précipita pour accompagner ses visiteuses jusqu'à la porte. Sur l'escalier il fut invité à venir les voir et à dîner la semaine suivante. Il rentra chez lui rasséréné. La dame aristocratique l'avait complètement charmé. Ces êtres lui paraissaient jusqu'ici inaccessibles, nés uniquement pour passer à toute vitesse dans de merveilleuses calèches avec valets en livrée et cocher imposant, en jetant des regards indifférents sur les gens pauvrement vêtus qui se traînaient à pied. Et voilà qu'un de ces êtres entre dans son atelier, lui demande de faire son portrait, l'invite à dîner !... Ravi, dans une sorte d'ivresse, il s'offrit en récompense un dîner fin et une soirée au théâtre, suivie d'une nouvelle promenade en voiture à travers la ville.

Les jours suivants, Tchartkov fut incapable de songer même au travail quotidien. Il ne pouvait que se tenir prêt dans l'attente de la minute où retentirait le coup de sonnette. La dame arriva enfin avec sa pâle enfant. Il les fit asseoir, avança la toile non sans désinvolture cette fois et quelque prétention à l'élégance mondaine, et se mit à peindre. La journée ensoleillée et le bon éclairage le favorisèrent. Il distingua dans son frêle modèle maints détails qui saisis et portés sur la toile pouvaient conférer au portrait une grande valeur ; il vit qu'il lui était possible de produire quelque chose sortant de l'ordinaire s'il réussissait à rendre la nature dans toute sa plénitude, telle qu'elle lui apparaissait maintenant. Et lorsqu'il sentit qu'il allait exprimer ce que d'autres n'avaient point encore remarqué, il eut même de légers battements de cœur. Le travail l'absorba complètement ; tout à son pinceau il oublia de nouveau que son modèle était de haute naissance. Retenant son souffle, il voyait qu'il parvenait à reproduire les traits fins, la chair presque translucide de cette jeune fille de dix-huit ans. Il saisissait la moindre nuance, un léger reflet jaune, une ombre bleuâtre, à peine visible, sous les yeux. Il s'apprêtait même à reproduire un minuscule bouton surgi sur le front, quand il entendit soudain, au-dessus de lui, la voix de la mère : « Pourquoi cela ? disait la dame. C'est inutile. Et puis, à certains endroits, c'est un peu jaune, semble-t-il... Et ici, on dirait de petites taches sombres. » Le peintre expliqua que les tons légers et agréables du visage étaient dus précisément à ces taches, à ces reflets jaunâtres qui s'harmonisaient heureusement. Mais il lui fut répondu qu'ils ne s'harmonisaient nullement et n'avaient rien à voir avec les tons, que ce n'était qu'illusion de sa part. « Mais permettez-moi, ici, à ce seul endroit, une petite touche de jaune », fit naïvement le peintre. On ne le lui permit cependant pas. On lui dit que Lise était justement mal disposée ce jour-là, mais que d'ordinaire il n'y avait rien de jaunâtre sur son visage qui frappait au contraire par sa fraîcheur particulière.

Il se mit tristement à effacer ce que son pinceau avait fait surgir sur la toile. Maints traits à peine perceptibles disparurent, et avec eux disparut en partie la ressemblance. Il commença apathiquement à couvrir le tableau de ce ton uniforme, banal, qui confère aux visages, même peints d'après nature, un aspect froid, irréel, que l'on retrouve dans les devoirs d'élèves. Mais la dame fut satisfaite de la disparition du coloris offensant. Elle se montra seulement surprise que le travail avançât si lentement ; on lui avait dit, ajouta-t-elle, qu'il achevait un portrait en deux séances. Le peintre ne sut que répondre. Les dames se levèrent, se disposant à partir. Il déposa son pinceau et les reconduisit jusqu'à la porte, puis demeura longtemps immobile devant son tableau, accablé. Il le considérait stupidement et il y revoyait ces traits d'une grâce bien féminine, ces tons aériens qu'avait saisis, qu'avait impitoyablement détruits son pinceau.

Sous le coup de cette impression, il déplaça le portrait et alla chercher parmi des esquisses une tête de Psyché commencée autrefois, puis abandonnée. Elle était habilement dessinée mais froide, abstraite, dépourvue de personnalité. N'ayant rien d'autre à faire, il s'y remit en s'attachant à fixer sur la toile tout ce qu'il avait observé sur le visage de son aristocratique visiteuse. Les traits, les nuances, les tons notés alors, s'ordonnaient maintenant, purifiés, tels qu'ils nous apparaissent lorsque le peintre, s'étant imprégné de la nature, s'en éloigne pour créer une œuvre qui l'égale. Psyché s'animait et la pensée qui y transparaissait à peine commença peu à peu à revêtir un corps visible. Sans le vouloir, le peintre conférait à Psyché le type de beauté de la jeune fille mondaine, et de ce fait elle acquérait cette expression particulière qui permet de juger l'œuvre véritablement originale. Il semblait que Tchartkov, ayant commencé par utiliser chacun des détails de l'original, eût réussi ensuite à les fondre ensemble. Il se passionna pour son ouvrage et s'y consacra exclusivement pendant plusieurs jours. Les deux dames le surprirent en plein travail et il n'eut pas le temps d'enlever le tableau du chevalet. Toutes deux poussèrent une exclamation de joyeuse surprise et battirent des mains.

– Lise, Lise ! Ah, que c'est ressemblant ! *Superbe, superbe !* Quelle bonne idée vous avez eue de l'habiller d'un costume grec ! Ah, quelle surprise !

Le peintre ne savait comment les tirer de cette agréable erreur. Honteux, baissant la tête, il dit à mi-voix :

– C'est Psyché.

– Sous l'aspect de Psyché ? C'est charmant, dit la mère en souriant, et la fille sourit aussi.

– Psyché, c'est ce qui te va le mieux, n'est-il pas vrai, Lise ? *Quelle idée délicieuse !* Mais quel art ! C'est du Corrège ! Je vous l'avoue, j'avais entendu parler de vous et lu ce qu'on écrivait de vous, mais je ne savais pas que vous aviez un tel talent. Il faut absolument que vous fassiez aussi mon portrait.

La dame, visiblement, voulait aussi paraître sous l'aspect de quelque Psyché.

« Comment vais-je m'en sortir ? se demanda le peintre. Mais puisqu'elles y tiennent, Psyché passera pour ce qu'elles veulent. »

– Asseyez-vous encore un moment, dit-il. Je voudrais faire encore quelques petites retouches.

– Oh, je crains que vous ne... Elle est si ressemblante !

Le peintre comprit que c'était la teinte jaune qu'elles redoutaient et il les tranquillisa en leur expliquant qu'il se contenterait de donner plus d'éclat et d'expression aux yeux. À dire vrai il avait honte et voulait renforcer la ressemblance dans la mesure du possible, afin que personne plus tard ne pût lui reprocher son impudence. Et en effet, les traits de la pâle jeune fille finirent par apparaître plus nettement à travers l'image de Psyché.

– Assez, dit la mère qui commençait à craindre que la ressemblance ne devînt trop grande.

Le peintre fut largement récompensé : sourires, argent, compliments, serrements de main, invitations à dîner.

Le portrait fit du bruit dans la ville. La dame le montra à ses amies : tout le monde admira l'art avec lequel le peintre avait réussi à maintenir la ressemblance tout en conférant au modèle la beauté. Cela fut dit, bien entendu, non sans une certaine rougeur d'envie. Et le peintre fut brusquement assailli de commandes. Toute la ville, semblait-il, voulait se faire portraiturer par lui. On sonnait à tout moment à sa porte. Cela avait son bon côté, la diversité de cette multitude de visages permettant au peintre d'enrichir son expérience. Par malheur, il était difficile de s'entendre avec ces gens, des gens occupés, toujours pressés, ou des mondains, plus occupés encore que les autres et, en conséquence, impatients à l'extrême. Tous ils exigeaient un travail rapide et bien fait. Tchartkov s'aperçut qu'il lui était impossible de poursuivre une œuvre jusqu'à son terme, qu'il devait uniquement compter sur la rapidité et l'habileté de son pinceau, ne saisir que l'ensemble, l'expression générale, sans se perdre dans les détails, bref, qu'il ne pouvait absolument pas rendre la nature dans sa perfection. Il faut ajouter que chacun avait ses propres prétentions. Les dames exigeaient que le peintre rendît surtout l'âme, le caractère, sans se soucier du reste, mais que les angles fussent arrondis, les petits défauts atténués et même, si possible, complètement supprimés, afin qu'on ne pût détacher les yeux de ce visage et qu'on en tombât amoureux. Aussi, en prenant la pose arboraient-elles parfois des expressions qui frappaient le peintre de stupéfaction. L'une essayait de faire exprimer par son visage la mélancolie, une autre, la rêverie ; la troisième voulait à toute force rapetisser sa bouche et serrait les lèvres jusqu'à les réduire à un point de la grosseur d'une tête d'épingle. Et malgré tout, ces dames exigeaient de lui de la ressemblance et du naturel.

Les hommes ne le cédaient en rien aux femmes. C'était un port de tête énergique, viril, qu'exigeait celuici ; cet autre un regard inspiré ; les yeux de ce lieutenant de la garde devaient évoquer Mars. Le fonctionnaire s'arrangeait pour que son visage apparût aussi franc et noble que possible et pour que sa main s'appuyât sur un livre portant en lettres d'or bien lisibles : « A toujours défendu la vérité. »

Au début, de telles exigences donnaient la fièvre au peintre : il fallait tout peser, réfléchir, or on ne lui accordait que très peu de temps. Finalement, il comprit de quoi il retournait et ne se tracassa plus. Il devinait même à l'avance, d'après deux ou trois mots, comment chacun désirait se voir représenté. À qui voulait Mars il flanquait Mars ; qui rêvait à Byron obtenait une attitude byronienne. Les dames désiraient-elles devenir Corinne, Aspasie ou une ondine, il y consentait très volontiers en ajoutant encore au modèle, de sa propre initiative, une belle apparence, ce qui, on le sait, ne gâte jamais rien, et fait même parfois pardonner au peintre un manque de ressemblance. L'extraordinaire rapidité et la désinvolture de son pinceau le surprirent bientôt lui-même. Quant à ceux qu'il peignait, ils étaient, bien entendu, ravis et proclamaient son génie.

Tchartkov devint le peintre à la mode. Il dînait en ville, accompagnait les dames aux expositions et même à la promenade, s'habillait avec une grande élégance et déclarait que le peintre appartient à la société et se doit de tenir son rang, que les artistes s'habillent généralement Dieu sait comment, ne savent pas se conduire dans le monde, ignorent les bonnes manières et manquent totalement d'instruction. Chez lui, dans son atelier, il établit l'ordre, la propreté, engagea deux valets de belle prestance, choisit des élèves élégants, prit l'habitude de changer plusieurs fois par jour de costumes d'intérieur, de se friser, soigna son attitude vis-à-vis de ses visiteurs, s'attacha à se rendre aussi séduisant que possible afin de produire une bonne impression sur les dames. En un mot, il fut bientôt impossible de reconnaître en lui le modeste artiste qui, autrefois, travaillait dans son réduit de Vassili Ostrov.

Il discourait maintenant avec aplomb de l'art et des artistes : il assurait que l'on plaçait trop haut les vieux maîtres, que jusqu'à Raphaël, tous avaient peint bien plutôt des harengs saurs que des corps humains, que la haute spiritualité que l'on découvrait dans leurs œuvres n'existait que dans l'imagination de ceux qui les contemplaient, que Raphaël lui-même ne peignait pas toujours bien et que beaucoup de ses tableaux ne devaient leur célébrité qu'à la tradition ; que Michel-Ange n'était qu'un vantard qui voulait seulement faire admirer ses connaissances anatomiques et manquait complètement de grâce. Pour ce qui était du véritable éclat, de la puissance du coloris et du pinceau, on ne les trouvait que chez les peintres actuels... Ici, tout naturellement et involontairement, il en arrivait à lui-même. « Non, je ne comprends pas, disait-il, comment les autres peuvent rester là à peiner. Celui qui traîne des mois sur un tableau est, selon moi, un artisan et non un artiste. Je ne puis admettre qu'il ait du talent. Le génie crée hardiment et rapidement. Ainsi moi, continuait-il en s'adressant à ses visiteurs, ce portrait, je l'ai peint en deux jours, cette tête, en un jour ; ceci, en quelques heures, et ceci, en un peu plus d'une heure. Non, je... je le déclare franchement : pour moi, ce qui se fait à pas comptés, ce n'est pas le produit de l'art mais du métier. »

Ainsi discourait-il devant ses visiteurs, et ceux-ci admiraient la puissance et la rapidité de son pinceau, s'exclamaient même de surprise et ensuite se disaient entre eux : « C'est un talent, un véritable talent ! Comme il parle ! Voyez briller ses yeux ! *Il y a quelque chose d'extraordinaire dans toute sa personne*. »

Il était flatté de ce qu'on disait de lui ; il se réjouissait comme un enfant quand les journaux faisaient son éloge, bien qu'il eût payé ces louanges de sa poche. Il distribuait ces articles, et goûtait un plaisir enfantin à les faire lire comme par hasard à ses amis et connaissances. Sa renommée grandissait, les commandes affluaient.

Déjà cependant il commençait à en avoir assez de ces portraits, de ces gens toujours pareils, dont il connaissait par cœur les attitudes, les allures. C'était maintenant sans grand plaisir qu'il les peignait; se bornant parfois à esquisser tant bien que mal la tête, le reste il le confiait à ses élèves. Au début, il avait tout de même essayé de trouver quelque nouvelle pose, cherché la force, l'éclat qui surprennent. Cela même l'ennuyait maintenant. Réfléchir, inventer le fatiguait; cela dépassait ses forces; et d'ailleurs il n'en avait pas le temps: l'existence dissipée qu'il menait, la société où il s'appliquait à jouer le rôle d'un homme du monde, tout cela l'éloignait du travail, l'empêchait de se concentrer. Sa peinture devenait froide, terne et il s'enfermait progressivement dans des formes conventionnelles, fixées une fois pour toutes. Les visages des fonctionnaires et des militaires, tous sur le même patron, glacés, apprêtés, comme sanglés dans un uniforme, offraient peu de champ à son pinceau, qui perdait le souvenir des magnifiques draperies, des mouvements violents, de la passion. Et bien entendu, il ne pouvait être question de grouper des figures, de rendre une action dramatique. Tchartkov n'avait devant lui que des uniformes, des corsets, des fracs, toutes choses en face desquelles le peintre se sent de glace et perd toute imagination. Ses œuvres, à présent, manquaient même des qualités les plus ordinaires. Elles continuaient pourtant à se répandre, elles continuaient à avoir du succès; mais les vrais connaisseurs et les peintres se contentaient de hausser les épaules devant ses derniers ouvrages. Certains, qui avaient connu Tchartkov autrefois, ne parvenaient pas à comprendre qu'il eût pu perdre ce talent qui s'était si brillamment manifesté dès ses débuts, et ils essayaient vainement de deviner la cause du déclin d'un artiste à peine parvenu au plein épanouissement de ses forces.

Mais Tchartkov n'entendait pas ces propos. Il approchait maintenant de l'âge mûr, devenait un esprit posé, prenait du poids, son corps s'élargissait. Les journaux, les revues joignaient déjà à son nom les adjectifs

« estimé », « éminent » ; on lui offrait déjà des postes officiels, honorifiques, on lui demandait d'assister aux examens, de participer à des comités. Comme il arrive toujours lorsqu'on atteint un âge respectable, il prenait résolument le parti de Raphaël et des maîtres anciens, non qu'il se fût convaincu entièrement de leur haute valeur, mais pour les jeter à la tête des jeunes. À l'exemple des gens âgés, il accusait toute la jeunesse sans exception d'immoralité et de mauvais esprit, croyait que l'inspiration n'existait pas, que tout était fort simple pourvu que les choses fussent bien réglées, soumises à un ordre compassé, uniforme… En un mot, il en était à ce stade où les moindres élans retombent, où nul puissant archet n'atteint plus l'âme et n'éveille de sonores échos dans le cœur, où le contact de la beauté n'enflamme plus les forces vierges. Alors les sens à demi calcinés deviennent plus sensibles au tintement de l'or, écoutent plus attentivement sa musique tentatrice et peu à peu, sans s'en rendre compte, se laissent endormir par elle.

La gloire ne peut apporter de joie à celui qui l'a volée sans la mériter : elle ne fait vibrer que l'âme qui en est digne. C'est pourquoi toute l'ardeur de Tchartkov, tous ses sentiments s'orientèrent vers l'or. L'or devint sa passion, son idéal, son tourment, sa volupté, son but… Les paquets de billets s'accumulaient dans ses coffres, et comme tous ceux qui se voient gratifiés de ce don terrible, il devint sombre, indifférent à tout, l'or excepté, un avare, un thésauriseur. Il était sur le point de se transformer en l'un de ces êtres étranges comme l'on en rencontre beaucoup dans notre monde insensible, ces êtres que l'homme plein de vie considère avec horreur, pareils à des cercueils de pierre qui auraient un cadavre en guise de cœur… Mais un événement secoua violemment Tchartkov et réveilla toutes ses énergies.

Il trouva un jour sur sa table une lettre de l'Académie des Beaux-Arts qui le priait, en tant que membre de cette institution, de venir donner son opinion sur une œuvre nouvelle qu'un peintre russe avait envoyée d'Italie où il se perfectionnait dans son art. Ce peintre, un des anciens camarades de Tchartkov, passionné de peinture depuis l'enfance, s'était voué à l'art avec toute l'ardeur de son âme. Abandonnant ses parents, ses amis, ses habitudes les plus chères, il s'était précipité vers le pays où sous des cieux éclatants mûrit la majestueuse pépinière des arts, vers la cité merveilleuse, Rome, dont le nom fait battre à grands coups le cœur enflammé de l'artiste. Là, il s'était plongé dans le travail, vivant comme un ermite, ne se laissant distraire par rien. Il ne se souciait point de ce qu'on pouvait dire de son caractère, de sa maladresse dans ses rapports avec les gens, de sa méconnaissance des usages mondains, de la pauvreté de ses vêtements compromettante pour le renom des peintres. Que ses camarades fussent contents ou non de lui, il ne s'en préoccupait pas. Il négligea tout, il sacrifia tout à l'art. Il parcourait inlassablement les galeries de tableaux, passait des heures devant les œuvres des vieux peintres, à la poursuite de leurs secrets. Jamais il ne terminait une toile sans être retourné à plusieurs reprises auprès de ces grands maîtres pour recueillir la leçon éloquente et muette de leurs œuvres. Il ne participait pas aux entretiens animés, aux discussions ; il n'était ni pour les puristes ni contre les puristes. Il rendait à chacun ce qui lui revenait en toute justice et n'en retenait pour soi que le meilleur. Finalement, il ne garda qu'un seul maître : le divin Raphaël ; tel un poète qui, après avoir lu maints ouvrages divers pleins de charme et de grandes beautés, garderait comme livre de chevet la seule *Iliade* d'Homère, ayant découvert qu'elle contient tout ce que l'on peut désirer, qu'il n'est rien qu'elle n'ait déjà reflété dans toute sa plénitude et en une forme parfaite. Aussi, le jeune peintre retira-t-il de la fréquentation de cette école une très haute idée de la création artistique, sa pensée, une force de pénétration extraordinaire, son pinceau, un charme raffiné.

Quand Tchartkov arriva, une foule immense d'amateurs se pressait déjà devant le tableau. Le silence le plus profond, chose rare dans les assemblées de ce genre, régnait cette fois dans la salle. Tchartkov prit immédiatement la mine importante du connaisseur et s'approcha du tableau. Mais, Seigneur ! qu'est-ce qu'il vit !

Pure, immaculée, belle comme une fiancée, l'œuvre du peintre se dressait devant lui. Modeste, simple, innocente, divine, elle planait au-dessus de tout. On eût dit que les célestes figures surprises par tant de regards fixés sur elles, baissaient, confuses, leurs beaux cils... Les connaisseurs, stupéfaits, contemplaient l'œuvre de ce pinceau inconnu. Tout ici, semblait-il, se trouvait réuni : l'étude de Raphaël que reflétait la noblesse des attitudes, et l'étude du Corrège dont témoignait la richesse du coloris. Mais ce qui s'imposait par-dessus tout, c'était la force créatrice que recelait l'âme même du peintre ; elle semblait imprégner le moindre détail, et cette force intérieure ordonnait toute chose. Partout ici se retrouvaient les lignes souples, ondoyantes, que nous offre la nature et que seul aperçoit l'œil de l'artiste créateur alors que le copiste les rend anguleuses. Il était évident que tout ce que le peintre avait extrait du monde extérieur, il l'avait enclos d'abord en son âme pour ensuite le faire jaillir de cette source en un chant solennel, harmonieux. Et l'abîme incommensurable qui sépare la création de l'artiste d'une copie de la nature apparut clairement, même aux profanes.

Impossible presque de décrire le silence dans lequel étaient plongés les spectateurs en contemplation devant le tableau : nul bruit, pas le moindre murmure ; cependant que l'œuvre semblait de minute en minute grandir, s'élever au-dessus de tout ce qui l'entourait, devenir plus belle, plus lumineuse, pour apparaître enfin dans toute sa splendeur, fruit de cet instant divin d'inspiration, pareil à un éclair, que toute une vie ne sert qu'à préparer. Des larmes involontaires étaient prêtes à s'échapper des yeux des spectateurs. Tous les goûts, si grossières et insolentes que fussent leurs déviations, semblaient s'unir dans un hymne muet à la gloire de l'œuvre.

Tchartkov demeurait immobile, bouche bée. Il ne revint à lui que lorsque tout le monde s'étant mis à parler, à discuter des mérites du tableau, on se tourna vers lui pour connaître son opinion. Il voulut reprendre son air habituel, indifférent, voulut émettre un de ces jugements banals que jettent les peintres à l'âme desséchée, comme par exemple : « Oui... sans aucun doute, on ne peut nier le talent du peintre... il y a quelque chose... On voit qu'il cherchait à exprimer quelque chose... cependant, l'essentiel... » En ajoutant naturellement un de ces compliments qui ne font de bien à personne... Il voulut le faire, mais les paroles moururent sur ses lèvres ; pour toute réponse il éclata en sanglots et se précipita dehors comme un fou.

Insensible à ce qui l'entourait, il se tint un moment immobile au milieu de son magnifique atelier. Son être bouleversé s'était instantanément réveillé comme s'il avait retrouvé sa jeunesse, comme si les étincelles de son talent éteint s'étaient rallumées. Le bandeau était tombé de ses yeux. Dieu ! perdre ainsi les meilleures années de sa jeunesse, étouffer la flamme qui couvait peut-être dans sa poitrine, qui aurait jailli peut-être, haute et claire, aurait peut-être, elle aussi, arraché des larmes d'admiration et de gratitude... Et tout cela, l'avoir détruit, détruit sans pitié !... On eût dit que tous les élans, toutes les ardeurs qu'il avait connus autrefois soudain ressuscitaient tous ensemble en son âme.

Il saisit ses pinceaux et s'approcha du chevalet. La sueur de l'effort humecta son front. Un seul désir l'animait, une seule passion l'embrasait : il voulait peindre l'ange déchu. Ce sujet convenait le mieux à son état d'esprit. Mais, hélas ! les personnages, les attitudes étaient guindés ; les groupes manquaient de cohésion. Son imagination, son pinceau obéissaient depuis trop longtemps à une ordonnance conventionnelle, uniforme, et ses efforts pour rompre les chaînes dont lui-même s'était chargé, se traduisaient par des incorrections, des erreurs. Il avait dédaigné de gravir l'échelle longue et pénible des expériences successives qui mènent à la connaissance des lois fondamentales du grand art.

La colère le prit. Il fit enlever de son atelier toutes ses œuvres récentes, toutes ces images froides, véritables gravures de mode, les portraits de hussards, de dames, de conseillers d'État, s'enferma dans sa chambre, donna l'ordre de ne recevoir personne, se mit à l'ouvrage et le poursuivit avec la persévérance d'un adolescent, d'un élève. Mais combien cruellement le décevait tout ce qui naissait sous sa main ! Il se trouvait à chaque pas arrêté par l'ignorance des principes les plus élémentaires ; un métier routinier paralysait ses efforts et dressait devant son imagination un mur infranchissable. Son pinceau revenait involontairement aux formes rabâchées. Les mains se disposaient toujours de la même façon, les têtes n'osaient se permettre quelque mouvement inusité ; les plis mêmes des vêtements répétaient la leçon apprise et refusaient d'obéir, de se draper sur des corps aux attitudes inaccoutumées. Et tout cela, Tchartkov le sentait, il le sentait, le voyait lui-même !

« Mais ai-je vraiment du talent ? se dit-il finalement. Ne me suis-je pas leurré ? » Il s'approcha de ses anciens tableaux sur lesquels il avait travaillé autrefois avec tant de désintéressement, de sincérité, là-bas, dans la solitude de son réduit de Vassili Ostrov, loin des gens, des distractions, des plaisirs. S'étant approché de ces toiles, il se mit à les examiner toutes attentivement ; il les regardait et il revoyait sa pauvre existence d'autrefois. « Oui, fit-il désespérément, j'ai eu du talent. On en voit partout les signes et les traces ! »

Soudain il tressaillit de tout son corps : ses yeux venaient de rencontrer d'autres yeux qui le fixaient intensément. C'était l'extraordinaire portrait acheté au bazar de Chtchoukine. Il avait été enfoui sous d'autres toiles et le peintre n'y pensait absolument plus. Et comme par un fait exprès, maintenant que tous les portraits et tableautins à la mode qui remplissaient l'atelier avaient été emportés, il réapparaissait. Et lorsque Tchartkov se souvint de l'étrange histoire de ce portrait, lorsqu'il se rappela que c'était précisément lui, ce portrait bizarre, qui avait été en un certain sens la cause de sa transformation, que c'était ce trésor si miraculeusement obtenu qui avait excité tous ses vains désirs et tué son talent, la rage faillit submerger son âme.

Il fit immédiatement enlever le portrait abhorré ; mais cela ne l'apaisa point : il était bouleversé jusqu'au tréfonds de l'être. Il connut alors ces tourments exceptionnels qu'éprouve un talent médiocre lorsqu'il s'efforce de s'exprimer plus intensément qu'il n'en est capable et n'y parvient pas, ces tourments qui engendrent parfois en l'adolescent des rêves de grandeur mais se transforment en une soif stérile lorsqu'il s'évade de la rêverie, ces affreux tourments qui poussent l'homme aux pires crimes.

L'envie s'empara de lui, une envie enragée. La bile montait à son visage à la vue d'une œuvre marquée du sceau du talent ; il grinçait des dents et la dévorait d'un œil de basilic. Le projet le plus infernal qu'homme eût jamais conçu naquit en son âme, et il entreprit de le réaliser avec une fureur démoniaque. Il se mit à acheter ce que l'art produit de meilleur. Puis, une belle œuvre acquise au prix fort, il l'emportait précautionneusement chez lui, se précipitait dessus comme un tigre, la lacérait, la coupait en morceaux et la piétinait avec des rires voluptueux. Les immenses richesses qu'il avait accumulées lui donnaient la possibilité de satisfaire cette passion infernale. Il ouvrit ses coffres, défit ses sacs remplis d'or. Nul monstre d'ignorance ne détruisit jamais autant de beaux ouvrages que ce furieux vengeur. Venait-il à une vente publique, personne n'espérait plus pouvoir acheter quelque œuvre de qualité. On eût dit que le ciel en courroux eût envoyé ce fléau sur la terre dans le dessein d'en détruire l'harmonie.

Cette horrible passion marquait affreusement son visage fielleux ; la haine d'un monde qu'il maudissait éclatait sur ses traits. Il était comme l'incarnation de l'effroyable démon qu'a dépeint Pouchkine. Sa bouche ne proférait que des paroles empoisonnées, des critiques acerbes. En l'apercevant dans la rue, fût-ce de loin, pareil à une harpie, tous, et même ses connaissances, essayaient de le fuir, d'éviter cette rencontre qui suffisait à empoisonner leur journée, assuraient-ils...

Heureusement pour l'art et le monde, une existence aussi tendue, aussi contraire à la nature, ne pouvait durer longtemps. La violence des passions, leur virulence dépassaient les faibles forces humaines. Les accès de rage, de folie, se firent plus fréquents et Tchartkov devint finalement la proie d'un mal terrible. La phtisie accompagnée d'une fièvre cruelle s'empara de lui avec une telle rapidité qu'en trois jours il ne resta plus de lui qu'une ombre, cependant qu'apparaissaient tous les signes d'une démence incurable. Plusieurs hommes parfois ne parvenaient pas à le maintenir. Il croyait revoir les yeux depuis longtemps oubliés, les yeux vivants de l'extraordinaire portrait, et il sombrait alors dans une fureur effroyable. Tous ceux qui entouraient son lit prenaient l'aspect d'horribles portraits ; ceux-ci se dédoublaient, se multipliaient, recouvraient les murs, le plancher, le plafond et plongeaient en lui le regard de leurs yeux vivants. La pièce s'élargissait, se prolongeait à l'infini pour contenir tous ces yeux fixes.

Le médecin qui le soignait et avait entendu vaguement parler de son étrange histoire, essayait par tous les moyens de découvrir quelque rapport secret entre les visions du peintre et les circonstances de sa vie, mais il n'y parvenait pas. Le malade ne comprenait rien, il ne sentait rien hormis ses tortures ; il ne faisait entendre que des paroles décousues et des hurlements affreux.

Enfin sa vie s'arrêta dans un dernier sursaut de souffrances muettes. Son cadavre était effrayant. On ne retrouva rien de ses immenses richesses ; mais à la vue des débris lacérés de tant de nobles œuvres dont la valeur dépassait plusieurs millions, on comprit le terrible usage qu'il avait fait de sa fortune.

LA PERSPECTIVE NEVSKY

Il n'y a rien de plus beau que la perspective Nevsky, tout au moins à Pétersbourg ; et dans la vie de la capitale, elle joue un rôle unique !

Que manque-t-il à la splendeur de cette reine des rues de notre capitale ? Je suis certain que nul de ses habitants blêmes et titrés n'accepterait d'échanger la perspective Nevsky contre tous les biens de la terre. Tous en sont enthousiastes : non seulement ceux qui ont vingt-cinq ans, de jolies moustaches et des vêtements d'une coupe irréprochable, mais ceux aussi dont le menton s'orne de touffes grises et dont le crâne est aussi lisse qu'un plat d'argent.

Et les dames ! Oh ! quant aux dames, la perspective Nevsky leur offre encore plus d'agréments ! Mais à qui donc n'en offre-t-elle pas ? À peine se trouve-t-on dans cette rue qu'on se sent aussitôt disposé à la flânerie. Si même vous avez quelque affaire sérieuse et urgente, dès que vous mettez le pied dans la perspective, vous oubliez immanquablement vos préoccupations. C'est le seul endroit où les gens se rendent non pas uniquement par nécessité, poussés par le besoin ou guidés par cet intérêt mercantile qui gouverne tout Pétersbourg. Il semble que les gens qu'on rencontre dans la perspective Nevsky soient des êtres moins égoïstes que ceux qu'on voit dans les rues Morskaïa, Gorokhovaïa, la perspective Liteïny, où l'avidité et l'intérêt se reflètent sur le visage des piétons, comme aussi de ceux qui roulent en calèche ou en drojki.

La perspective Nevsky est la grande ligne de communication pétersbourgeoise. C'est ici que l'habitant des faubourgs de la rive droite, qui depuis plusieurs années n'a plus revu son ami demeurant dans le quartier de la Barrière de Moscou, peut être certain de le rencontrer. Nul journal, nul bureau de renseignements ne vous fourniront des informations aussi complètes que celles que vous recueillez dans la perspective Nevsky.

Quelle rue admirable ! Le seul lieu de promenade de l'habitant de notre capitale, si pauvre en distractions. Comme ses trottoirs sont bien tenus ! Et Dieu sait, pourtant, combien de pieds y laissent leurs traces ! La lourde botte du soldat en retraite, sous le poids de laquelle devrait se fendre, semble-t-il, le dur granit ; le soulier minuscule, aussi léger qu'une fumée, de la jeune dame qui penche la tête vers les brillantes vitrines des magasins, tel un tournesol vers l'astre du jour, et la botte éperonnée du sous-lieutenant riche en espérances et dont le sabre bruyant raye les dalles. Tout y marque son empreinte : aussi bien la force que la faiblesse.

Quelles fantasmagories s'y jouent ! Quels changements rapides s'y déroulent en l'espace d'une seule journée !

Commençons par le matin, lorsque toute la ville fleure le pain chaud à peine retiré du four, et se trouve envahie par une multitude de vieilles femmes vêtues de robes et de manteaux troués, qui font la tournée des églises et poursuivent les passants pitoyables. À cette heure matinale, la perspective Nevsky est déserte : les gros propriétaires de magasins et leurs commis dorment encore dans leurs draps de Hollande, ou bien rasent leurs nobles joues et prennent leur café. Les mendiants se pressent aux portes des pâtisseries, où un Ganymède encore tout endormi, qui hier volait, rapide, telle une mouche, et servait le chocolat, se tient aujourd'hui, un balai à la main, sans cravate, et distribue de vieux gâteaux et des rogatons. Des travailleurs passent de leur démarche traînante, des moujiks russes dont les bottes sont recouvertes d'une telle couche de plâtre que même les eaux du canal Ekatérininski, célèbres pour leur pureté, ne pourraient les nettoyer.

À cette heure du jour, il serait gênant pour une dame de se trouver dans la rue, car le peuple russe affectionne les expressions fortes, et les dames n'en entendent jamais de semblables, même au théâtre. Parfois, son portefeuille sous le bras, un fonctionnaire endormi suit d'un pas dolent la perspective Nevsky, si celle-ci se trouve sur le chemin qui le conduit au ministère. On peut affirmer qu'à cet instant du jour, avant midi, la perspective Nevsky n'est un but pour personne, mais un lieu de passage : elle se peuple peu à peu de gens qui ont leurs occupations, leurs soucis, leurs ennuis, et qui ne songent nullement à elle.

Les moujiks discutent de quelques kopecks ; les vieux et les vieilles se démènent et se parlent à eux-mêmes, parfois avec des gestes extrêmement expressifs ; mais personne ne leur prête attention et ne se moque d'eux, excepté peut-être quelque gamin en tablier de coton, qui court à toutes jambes à travers la perspective en portant des bouteilles vides ou une paire de bottes. À cette heure, personne ne remarquera vos vêtements, quels qu'ils soient : vous pouvez porter une casquette au lieu de chapeau, votre col peut dépasser votre cravate – cela n'a aucune importance.

À midi, la perspective Nevsky est envahie par des précepteurs appartenant à toutes les nations, et leurs pupilles aux cols de batiste rabattus. Les *John* anglais et les *Jean* et *Pierre* français se promènent bras dessus bras dessous avec les jeunes gens confiés à leurs soins et leur expliquent avec un grand sérieux que les enseignes se placent au-dessus des devantures des magasins, afin que l'on sache ce qui se vend dans ces mêmes magasins.

Les gouvernantes, pâles misses et Françaises roses, suivent d'une démarche majestueuse des fillettes délurées et fluettes, en leur recommandant de lever l'épaule gauche et de se tenir plus droites. Bref, à cette heure de la journée, la perspective Nevsky est un lieu de promenade pédagogique.

Puis, à mesure qu'on approche de deux heures, les gouvernantes, les précepteurs et leurs élèves se dispersent et cèdent la place aux tendres pères de ces derniers, qui se promènent en donnant le bras à leurs épouses, pâles et nerveuses, vêtues de robes multicolores et brillantes.

Peu à peu viennent se joindre à eux tous ceux qui ont terminé leurs occupations domestiques, plus ou moins sérieuses : les uns ont causé avec leur docteur du temps qu'il faisait ou d'un petit bouton apparu sur leur nez ; les autres ont pris des nouvelles de la santé de leurs chevaux, ainsi que de celle de leurs enfants qui font montre de très grandes aptitudes. Ceux-ci ont lu attentivement l'affiche des spectacles et un important article de journal sur les personnages de marque de passage à Pétersbourg ; ceux-là se sont contentés de prendre leur café ou leur thé.

Ensuite, l'on voit apparaître ceux qu'un sort enviable a élevés au rang béni de secrétaire particulier ou de fonctionnaire en mission spéciale. Puis, ce sont les fonctionnaires du ministère des Affaires étrangères, lesquels se distinguent par la noblesse de leurs goûts et de leurs occupations.

Mon Dieu ! que de belles fonctions, que de beaux emplois il existe de par le monde ! Et comme ils ennoblissent et ravissent l'âme ! Mais moi, je ne suis pas fonctionnaire, hélas ! Je suis privé du plaisir de connaître l'amabilité de mes chefs.

Tous ceux que vous rencontrez alors perspective Nevsky vous enchantent par leur élégance : les hommes portent de longues redingotes et se promènent les mains dans les poches... Les femmes sont vêtues de manteaux de satin rose, blanc ou bleu pâle, et portent de splendides chapeaux.

C'est ici que vous pourrez admirer des favoris extraordinaires, des favoris uniques au monde qu'avec un art étonnant on fait passer par-dessous la cravate, des favoris noirs et brillants comme le charbon ou la martre zibeline. Mais ceux-ci, hélas ! n'appartiennent qu'aux seuls fonctionnaires du ministère des Affaires étrangères. Quant aux fonctionnaires des autres administrations, la Providence ne leur a accordé, à leur grand dépit, que des favoris roux. Vous pourrez rencontrer ici d'admirables moustaches que nulle plume, nul pinceau ne sont capables de reproduire, des moustaches auxquelles leur propriétaire consacre la meilleure partie de son existence et qui sont l'objet de tous ses soins au cours de longues séances, des moustaches arrosées de parfum exquis et enduites de rares pommades, des moustaches qu'on enveloppe pour la nuit de papier de soie, des moustaches qui manifestent les tendres soucis de leurs possesseurs et que jalousent les passants.

La multitude des chapeaux, des fichus, des robes – auxquels les dames demeurent fidèles parfois même deux jours de suite – est capable d'éblouir qui que ce soit : il semble que toute une nuée de papillons s'élève de terre et volette autour de la foule des noirs scarabées du sexe fort. Vous admirerez ici des tailles d'une finesse exquise, comme vous n'en avez jamais rêvé, des tailles minces, déliées, des tailles plus étroites que le col d'une bouteille, et dont vous vous écarterez respectueusement dans la crainte de les frôler d'un coude brutal, votre cœur se serrant de terreur à la pensée qu'il suffirait d'un souffle pour briser ce produit admirable de la nature et de l'art.

Et quelles manches vous verrez perspective Nevsky ! Dieu, quelles manches ! Elles ressemblent fort à des ballons, et l'on s'imagine parfois que la dame pourrait brusquement s'élever dans les airs, si elle n'était pas maintenue par son cavalier ; soulever une dame dans les airs est aussi facile et agréable, en effet, que de porter à sa bouche une coupe de champagne.

Nulle part, lorsqu'on se rencontre, on ne se salue avec autant d'élégance et de noblesse qu'à la perspective Nevsky. Ici, vous admirerez des sourires exquis, des sourires uniques, véritables œuvres d'art, des sourires capables de vous ravir complètement ; vous en verrez qui vous courberont et vous feront baisser la tête jusqu'à terre ; d'autres, parfois, qui vous feront dresser le front plus haut que la flèche de l'Amirauté. Ici, vous croiserez des gens qui parlent des concerts et du temps qu'il fait, sur un ton d'une noblesse extraordinaire et avec un grand sentiment de leur propre dignité. Ici, vous rencontrerez des types étonnants et des caractères très étranges. Seigneur ! que de personnages originaux on rencontre perspective Nevsky.

Il y a des gens qui ne manquent jamais, en vous croisant, d'examiner vos bottines ; puis, quand vous serez passé, ils se retourneront encore pour voir les pans de votre habit. Je ne parviens pas encore à comprendre le manège de ces gens : je m'imaginais d'abord que c'étaient des cordonniers ; mais pas du tout ! La plupart occupent un poste dans différentes administrations, et quelques-uns d'entre eux sont parfaitement capables de rédiger de très beaux rapports. Les autres passent leur temps à se promener et à parcourir les journaux chez les pâtissiers ; bref, ce sont des personnes très convenables.

À ce moment de la journée, entre deux et trois heures, lorsque la perspective Nevsky est le plus animée, on peut y admirer une véritable exposition des plus belles productions humaines.

L'un exhibe une élégante redingote à parements de castor ; l'autre, un beau nez grec ; le troisième, de larges favoris ; celle-ci, une paire d'yeux charmants et un chapeau merveilleux ; telle autre porte à son petit doigt fuselé une bague ornée d'un talisman ; celle-là fait admirer un petit pied dans un soulier délicieux ; ce jeune homme – une cravate étonnante ; cet officier – des moustaches stupéfiantes.

Mais trois heures sonnent. L'exposition est terminée ; la foule se disperse. Changement complet. On dirait une floraison printanière : la perspective Nevsky se trouve soudain envahie par une multitude de fonctionnaires en habits verts. Les conseillers titulaires, de cour et autres, très affamés, se précipitent de toute la vitesse de leurs jambes vers leurs logis. Les jeunes registrateurs de collège, les secrétaires provinciaux et de collège se hâtent de mettre à profit les quelques instants dont ils disposent et arpentent la perspective Nevsky d'une démarche nonchalante, comme s'ils n'étaient pas restés enfermés six heures de suite dans un bureau. Mais les vieux conseillers titulaires et de cour marchent rapidement, la tête basse : ils ont autre chose à faire que de dévisager les passants ; ils ne se sont pas encore débarrassés de leurs préoccupations : c'est le gâchis complet dans leur cerveau ; on dirait des archives remplies de dossiers en désordre. Et longtemps encore ils ne voient partout que des cartons remplis de paperasses, ou bien le visage rond du directeur de la chancellerie.

À partir de quatre heures, la perspective Nevsky se vide, et il est peu probable que vous puissiez y rencontrer ne fût-ce qu'un seul fonctionnaire. Quelque couturière traverse la chaussée, en courant d'un magasin à l'autre, une boîte de carton au bras ; ou bien c'est quelque pitoyable victime d'un légiste habile à dévaliser ses clients ; quelque Anglaise, longue et maigre, munie d'un réticule et d'un petit livre ; quelque garçon de recette à la maigre barbiche, en redingote de cotonnade pincée haut, personnage à l'existence instable et hasardeuse, et dont tout le corps paraît en mouvement – le dos, les bras, les jambes, la tête – lorsqu'il suit le trottoir dans une attitude pleine de prévenance. C'est aussi, parfois, un vulgaire artisan... Vous ne verrez personne d'autre à cette heure de la journée dans la perspective Nevsky.

Mais aussitôt que le crépuscule descend sur les rues et sur les maisons, aussitôt que le veilleur de nuit monte à son échelle pour allumer les réverbères et qu'aux fenêtres basses des magasins apparaissent les estampes qu'on n'ose exposer à la lumière du jour, la perspective Nevsky se ranime et s'emplit de nouveau de mouvement et de bruit.

C'est l'heure mystérieuse où les lampes versent sur toutes choses une lumière merveilleuse et attirante. Vous rencontrerez alors nombre de jeunes gens, célibataires pour la plupart, vêtus de redingotes et de manteaux bien chauds. On devine que ces promeneurs ont un but, ou plutôt qu'ils subissent une sorte d'impulsion vague. Leurs pas sont rapides mais incertains ; de minces ombres glissent le long des murs des maisons, sur la chaussée, et effleurent presque de leur tête le pont Politzeïsky.

Les jeunes registrateurs de collège, les jeunes secrétaires de collège et secrétaires provinciaux se promènent longuement ; mais les vieux fonctionnaires restent chez eux pour la plupart : ou bien parce que ce sont des hommes mariés, ou bien parce que leurs cuisinières allemandes leur font de la bonne cuisine. Vous rencontrerez pourtant à cette heure maints de ces respectables vieillards qui parcouraient à deux heures la perspective Nevsky d'un air si important, si noble ; vous les verrez maintenant courir, tout comme les jeunes gens, et essayer de glisser un regard sous le chapeau d'une dame entrevue de loin, et dont les lèvres épaisses et les joues plâtrées de rouge et de blanc plaisent à tant de promeneurs, et tout particulièrement aux commis, aux garçons de recette, aux marchands qui circulent en bandes, en se donnant le bras.

– Arrête ! s'écria le lieutenant Pirogov, en tirant brusquement par la manche le jeune homme en habit et en pèlerine qui marchait à ses côtés. L'as-tu vue ?

– Oui, elle est admirable ! On dirait la Bianca du Pérugin.

– De laquelle parles-tu donc ?

– Mais d'elle ! de celle qui a des cheveux bruns ! Quels yeux ! mon Dieu ! Quels yeux ! Ses traits, l'ovale du visage, le port de tête, quel rêve !

– Je te parle de la blonde qui venait derrière elle et s'est tournée de ce côté… Pourquoi donc ne la suis-tu pas, puisqu'elle te plaît tant ?

– Comment oserais-je ! s'exclama, tout rougissant, le jeune homme en habit. Elle n'est pas de ces femmes qui circulent le soir dans la perspective Nevsky. C'est probablement une dame de la haute société, continua-t-il en soupirant. Son manteau à lui seul vaut plus de quatre-vingts roubles !

– Comme tu es naïf ! s'écria Pirogov en le poussant de force dans la direction où se déployait le brillant manteau de la dame. Cours vite, sot ! Elle va te passer sous le nez ! Quant à moi, je vais suivre la blonde !

« Je sais bien ce que vous valez toutes ! » songeait à part lui Pirogov avec un sourire de satisfaction, car il était certain que nulle beauté au monde ne pouvait lui résister.

Le jeune homme en habit s'engagea d'un pas timide et incertain dans la direction où se déployait au loin le manteau multicolore, dont les teintes s'illuminaient et s'assombrissaient tour à tour chaque fois que l'inconnue passait sous un réverbère ou s'en éloignait. Le cœur du jeune homme se mit à battre lourdement, et il ne put s'empêcher de précipiter ses pas. Il n'osait même songer à attirer sur sa personne l'attention de la dame dont les pieds effleuraient à peine le sol devant lui, et ne pouvait d'autant moins admettre la noire pensée qu'avait tenté de lui suggérer le lieutenant Pirogov. Il désirait seulement voir la maison qu'habitait la délicieuse créature qui lui paraissait être descendue directement du ciel sur le trottoir de la perspective Nevsky, et qui allait certainement prendre de nouveau son vol. Il se mit à courir si vite qu'il bouscula à plusieurs reprises des messieurs importants à favoris gris.

Ce jeune homme faisait partie de cette catégorie de gens qui produisent chez nous un effet très étrange et qui appartiennent à la population pétersbourgeoise au même titre, pourrait-on dire, qu'un visage entrevu en rêve fait partie du monde réel. Cette classe constitue une exception dans notre ville, où les habitants sont pour la plupart des fonctionnaires, des commerçants ou des artisans allemands.

Le jeune homme était un peintre. Un peintre pétersbourgeois ! Quel être étrange ! n'est-il pas vrai ? Un peintre dans la contrée des neiges ! Dans le pays des Finnois, où tout est humide, plat, pâle, gris, brumeux !...

Ces peintres ne ressemblent en rien, d'ailleurs, aux peintres italiens, ardents et fiers comme leur patrie et son ciel bleu. Au contraire, ce sont pour la plupart des êtres doux, timides, insouciants, aimant pieusement leur art, et qui se réunissent entre eux dans quelque chambrette, autour de verres de thé, pour discuter de ce qui leur tient le plus à cœur, sans se soucier du superflu. Ils amènent volontiers chez eux quelque vieille mendiante qu'ils font poser six heures de suite en essayant de reproduire sur la toile ses traits tristes et effacés. Ils aiment également à peindre leur intérieur : une chambre remplie de débris artistiques, jambes et bras en plâtre, que la poussière et les années ont recouverts d'une teinte brune, des chevalets cassés, des palettes ; ou bien, devant un mur taché de couleurs, quelque camarade en train de jouer de la guitare, tandis qu'à travers la fenêtre ouverte on entrevoit au loin la pâle Néva et quelques misérables pêcheurs vêtus de chemises rouges.

Le coloris de ces peintres est toujours gris, voilé, et porte ainsi la marque ineffaçable de notre ciel nordique. Et pourtant, c'est avec une réelle ferveur qu'ils s'adonnent à leur art. Beaucoup d'entre eux ont du talent, et s'ils pouvaient respirer l'air vivifiant de l'Italie, ils se développeraient certainement et fleuriraient aussi librement, aussi abondamment qu'une plante qu'on aurait transportée d'une chambre close à l'air libre.

Ils sont fort timides en général : les décorations, les grosses épaulettes les troublent à tel point que, bien malgré eux, ils abaissent leurs prix. Ils aiment parfois à s'habiller avec quelque recherche et une certaine élégance ; mais cette élégance est toujours trop soulignée et produit l'effet d'une pièce neuve sur un vieil habit. Vous les verrez, par exemple, porter un frac d'une coupe parfaite et, par-dessus, un manteau sale, ou bien un gilet de velours richement brodé et un veston taché de couleurs. De même que vous pourrez facilement distinguer sur leurs études de paysage quelque nymphe dessinée la tête en bas et que, n'ayant pas trouvé d'endroit plus propice, ils ont jetée là, sur une de leurs anciennes toiles, à laquelle ils avaient pourtant travaillé jadis avec une ardeur joyeuse... Jamais ces jeunes gens ne vous regarderont droit dans les yeux ; et s'ils vous fixent, c'est d'un regard trouble, incertain, qui ne vous pénètre pas comme les yeux aigus de l'observateur ou les yeux d'aigle de l'officier de cavalerie. Cela provient de ce que le peintre, tout en vous dévisageant, distingue sous vos traits ceux de quelque Hercule en plâtre qu'il a chez lui, ou bien entrevoit déjà le tableau auquel il compte prochainement travailler. C'est à cause de cela qu'il répond souvent tout de travers, sans suite, et les visions qui le poursuivent augmentent encore sa timidité.

C'est précisément à cette sorte d'artistes qu'appartenait le jeune homme dont nous venons de parler, le peintre Piskariov, timide et timoré, mais qui portait en lui un feu ardent, capable, sous l'action favorable des circonstances, d'embraser son âme.

Plein d'un trouble mystérieux, il se hâtait derrière la jeune femme, dont les traits l'avaient frappé, tout en s'étonnant lui-même de sa propre audace. Soudain, l'inconnue qui ravissait ses yeux, ses pensées, ses sentiments, tourna la tête de son côté et lui lança un bref regard.

Dieu ! quels traits divins ! Une chevelure aussi brillante que l'agate couronnait un front d'une blancheur éblouissante. Ces cheveux s'épandaient en boucles, dont quelques-unes, s'échappant de dessous le chapeau, effleuraient les joues que rosissait légèrement la fraîcheur du soir. Ses lèvres closes semblaient receler le secret de tout un essaim de rêves exquis. Tous les enchantements de notre enfance, toutes les richesses que nous versent la rêverie et la douce inspiration sous une lampe, tout cela semblait contenu dans les contours harmonieux de ses lèvres.

Elle regarda Piskariov, et le cœur du jeune homme frémit. Ce regard était sévère ; ce visage reflétait la colère soulevée par cette poursuite insolente, mais sur ce divin visage l'expression de la colère même acquérait un charme particulier.

Frappé de confusion et de crainte, Piskariov s'arrêta, baissa les yeux. Mais comment risquer de perdre cet être exquis sans même essayer de connaître le temple où elle daignait habiter ? La crainte de la perdre décida le jeune rêveur, et il reprit sa poursuite ; mais, afin de la rendre moins importune, moins apparente, il s'écarta quelque peu et se mit à examiner d'un air détaché les enseignes, tout en ne perdant de vue aucun des mouvements de l'inconnue.

Les passants se faisaient plus rares, les rues devenaient moins animées. La jeune femme se retourna de nouveau, et il parut qu'un léger sourire brilla un instant sur ses lèvres. Il tressaillit, n'osant pourtant pas en croire ses yeux. Non ! c'était probablement la lueur incertaine des réverbères qui avait créé cette illusion en glissant sur son visage. Non ! c'étaient ses propres rêves qui le trompaient et le narguaient ! Mais la respiration s'arrêta dans sa poitrine, tout son être frémit, comme sous l'action d'une flamme mystérieuse, et tous les objets autour de lui se recouvrirent soudain d'une sorte de brume ; le trottoir se soulevait et fuyait sous ses pas, tandis que les chevaux et les calèches s'immobilisaient brusquement ; le pont sous ses yeux s'étirait, se gondolait et son arc se rompait ; les maisons se retournaient et se dressaient sur leurs toits ; la guérite du factionnaire tombait à la renverse, tandis que sa hallebarde, ainsi que les lettres dorées et les ciseaux peints d'une enseigne paraissaient à Piskariov suspendus à ses propres cils. Et toutes ces transformations n'avaient été causées que par un seul regard, que par la seule inclinaison d'une jolie tête ! Sans rien voir, sans rien entendre, ne se rendant même pas compte de ce qu'il faisait, il glissait rapidement sur les traces des petits pieds, ne songeant qu'à modérer ses pas qui tendaient à s'accorder au rythme des battements de son cœur.

Parfois, il se prenait à douter : avait-il bien compris l'expression favorable de son visage ? Et alors il suspendait sa course pour un instant ; mais les battements de son cœur, une force irrésistible et le trouble de toutes ses sensations le projetaient en avant.

Il ne remarqua même pas la maison à quatre étages qui se dressa brusquement devant lui et lui lança au visage le regard de ses fenêtres brillamment éclairées ; il ne sentit même pas la balustrade du perron, qui opposa à son élan le choc de ses barreaux de fer. Il vit seulement que l'inconnue montait rapidement l'escalier, se retournait, mettait un doigt sur ses lèvres et lui faisait signe de la suivre.

Ses genoux tremblèrent, ses sensations, ses pensées s'illuminèrent soudain ; une joie aiguë, pareille aux traits de la foudre, transperça douloureusement son cœur. Non ! ce n'est pas un rêve ! Mon Dieu ! quelle joie ! quelle vie radieuse en un instant !

Mais tout cela n'est-il pas un songe ? Se pouvait-il que cette femme pour un regard céleste de qui il était prêt à donner sa vie, se pouvait-il qu'elle fût si bienveillante pour lui et lui accordât une telle faveur, alors que connaître seulement sa demeure lui paraissait un bonheur inouï ?

Il monta rapidement l'escalier.

Nulle image terrestre ne venait ternir sa pensée. L'ardeur qui le consumait n'était pas une passion sensuelle. Non ! il était aussi pur en cet instant que l'adolescent vierge qui ne ressent encore qu'une aspiration indéfinie, toute spirituelle, vers l'amour. Et ce qui chez un débauché n'aurait éveillé que des désirs audacieux, éleva en lui, au contraire, et sanctifia encore davantage ses sentiments. Cette confiance que lui témoignait un être si faible et si beau, cette confiance lui imposait l'obligation d'une réserve chevaleresque, l'obligation d'exécuter fidèlement tous ses ordres. Et il ne désirait qu'une chose maintenant : que ces ordres fussent aussi difficiles, aussi inexécutables que possible, afin de mettre d'autant plus d'ardeur à les accomplir. Il ne doutait pas que si l'inconnue lui avait manifesté une telle confiance, c'était que des circonstances importantes et mystérieuses l'y avaient obligée, et qu'elle allait exiger de lui des services difficiles ; mais il se sentait la force et le courage d'accomplir tout.

L'escalier montait en tournant, entraînant ses rêves exaltés dans ce mouvement circulaire. « Marchez prudemment ! » résonna, semblable à une harpe, une voix qui le remplit d'un trouble nouveau.

L'inconnue s'arrêta dans la pénombre d'un quatrième étage et frappa à une porte qui s'ouvrit aussitôt. Ils entrèrent ensemble.

Une femme assez jolie les accueillit, une bougie à la main ; mais elle regarda Piskariov d'une façon si étrange, si insolente, qu'il baissa involontairement les yeux. Ils pénétrèrent dans une chambre où le jeune homme aperçut trois femmes : l'une battait les cartes et faisait une réussite ; l'autre, assise au piano, jouait avec deux doigts quelque chose qui ressemblait vaguement à une polonaise ; la troisième, se tenant devant une glace un peigne à la main, démêlait ses longs cheveux ; et elle ne parut nullement songer à interrompre son occupation à la vue d'un visage étranger.

Il régnait tout autour un désordre déplaisant, pareil à celui qu'on observe dans la chambre d'un célibataire insouciant. Les meubles, assez convenables, étaient couverts de poussière ; des toiles d'araignée tapissaient les lambris ; dans l'entrebâillement de la porte menant à la chambre voisine brillait une botte à éperon et scintillaient les parements d'un manteau d'officier ; une voix d'homme se faisait entendre, accompagnée du rire d'une femme, qui résonnait sans gêne aucune.

Seigneur ! où était-il donc tombé ?

Il ne voulut pas croire d'abord à ce qu'il voyait et se mit à examiner attentivement les objets qui remplissaient la chambre ; mais les murs nus et les fenêtres sans rideaux témoignaient de l'absence d'une maîtresse de maison soigneuse. Les visages fatigués et usés de ces malheureuses créatures, dont l'une s'assit juste en face de lui et se mit à le dévisager avec autant d'indifférence que si elle avait fixé une tache sur un vêtement – tout lui disait clairement qu'il avait pénétré dans l'antre ignoble où se terre la triste débauche, fruit d'une instruction factice et de l'effroyable cohue des grandes villes, dans cet antre où l'homme étouffe sacrilègement tout ce qu'il y a en lui de pur et de sacré, tout ce qui fait la beauté de la vie, et s'en rit brutalement ; où la femme qui réunit en elle toutes les perfections de la nature et en est le couronnement, se transforme en un personnage étrange, équivoque, qui, en perdant sa pureté, s'est trouvé privé de tous ses caractères féminins, a acquis les manières et l'impudence masculines et ne ressemble plus à l'être fragile qu'elle était, si délicieux, si différent de nous.

Piskariov fixait des regards stupéfaits sur la belle inconnue, comme pour se convaincre que c'était bien celle qui l'avait ensorcelé dans la perspective Nevsky. Oui, elle était toujours aussi belle ! Ses cheveux étaient aussi splendides, ses yeux avaient encore leur expression céleste. Elle était fraîche et semblait ne pas avoir plus de dix-sept ans. On voyait que la débauche ne s'était emparée d'elle que depuis peu et n'avait pas encore effleuré ses joues, qu'ombrait légèrement un doux incarnat. Oui, elle était belle !

Il se tenait immobile, debout devant elle, et perdait déjà peu à peu la conscience de ce qui l'entourait, comme il l'avait perdue tantôt, dans la rue. Ce long silence fatigua l'inconnue, et elle sourit d'une façon significative en le regardant droit dans les yeux. Mais ce sourire, empreint d'une pitoyable impudence, paraissait aussi étrange sur son visage, lui convenait aussi peu que le masque de la piété sur la face d'un filou ou un livre de comptabilité aux mains d'un poète.

Il tressaillit. Elle ouvrit ses lèvres charmantes et se mit à parler ; mais ce qu'elle disait était si bête, si plat ! On pourrait croire qu'en perdant sa pureté, l'être humain perd en même temps son intelligence.

Il ne voulait plus rien entendre ; il était vraiment ridicule et aussi naïf qu'un enfant : au lieu de mettre à profit les dispositions favorables de la belle, au lieu de se réjouir du hasard heureux qui se présentait brusquement, comme l'aurait fait certainement tout autre à sa place, il se précipita à toutes jambes vers la sortie, comme un sauvage, et prit la fuite à travers l'escalier.

Il se retrouva assis dans sa chambre, la tête baissée, tout le corps affaissé, semblable à un pauvre qui aurait ramassé une perle et l'aurait aussitôt laissée choir dans la mer.

« Si belle ! des traits si divins ! tombée si bas ! Dans quel lieu atroce !... » Il ne pouvait prononcer d'autres paroles.

En effet, jamais nous ne ressentons une pitié aussi douloureuse qu'à la vue de la beauté flétrie par le souffle pernicieux de la débauche. On conçoit encore que celle-ci s'allie à la laideur... Mais la beauté... ! Elle ne s'accorde dans nos pensées qu'avec la seule pureté.

La jeune fille qui avait ensorcelé Piskariov était en effet merveilleusement belle, et sa présence dans ce milieu méprisable paraissait d'autant plus extraordinaire, d'autant plus incompréhensible. Tous ses traits étaient si parfaitement sculptés, l'expression de son visage était empreinte d'une si grande noblesse, qu'il était impossible de se représenter que la débauche eût déjà étendu ses griffes sur elle.

Elle aurait pu être la femme adorée d'un époux passionné, son paradis sur la terre, son trésor ; elle aurait pu briller, telle une douce étoile, au centre d'un cercle familial joyeux d'obéir au moindre commandement tombé de ses lèvres exquises ; elle aurait pu être la déesse d'une brillante société et trôner dans une salle de bal au parquet étincelant, sous la lumière des bougies, entourée du respect et de l'amour de ses adorateurs prosternés à ses pieds ! Mais, hélas ! de par la volonté de je ne sais quel esprit démoniaque aspirant à détruire l'harmonie de l'univers, elle avait été jetée avec d'affreux ricanements dans ce gouffre atroce !

Pénétré d'une pitié torturante, Piskariov demeurait assis devant sa bougie. Minuit avait déjà sonné depuis longtemps ; l'horloge de la tour sonna ensuite la demie, mais il restait là, immobile, sans dormir et pourtant inactif. Cette inaction l'engourdit peu à peu, et il allait déjà s'assoupir, les murs de la chambre s'évanouissaient déjà, et seule la clarté de la bougie persistait encore à travers les visions du sommeil qui s'appesantissait sur ses paupières, lorsque des coups frappés à la porte le firent sursauter, et il revint brusquement à lui.

La porte s'ouvrit, livrant passage à un laquais vêtu d'une riche livrée. Jamais encore la chambrette de Piskariov n'avait accueilli semblable visite et, de plus, à une heure aussi tardive. Le jeune homme, tout interdit, dévisagea son visiteur avec une stupéfaction mêlée d'impatience.

– La demoiselle chez laquelle vous vous êtes rendu il y a quelques heures, prononça très poliment le laquais, m'a ordonné de vous demander de venir chez elle et vous envoie sa calèche.

Piskariov demeurait debout, tout étourdi : une calèche ! un laquais en livrée !... Non, il y a certainement quelque malentendu...

– Écoutez, mon garçon, prononça-t-il avec une certaine gêne. Vous vous trompez de porte, certainement. Votre maîtresse vous a envoyé chez un autre. Ce n'est pas pour moi.

– Non, Monsieur ! Je ne me suis pas trompé. C'est bien vous, n'est-ce pas, qui avez reconduit à pied une demoiselle jusqu'à la perspective Liteïny, au quatrième étage ?

– Oui, c'est moi.

– Eh bien ! venez vite ! Mademoiselle veut absolument vous voir et vous prie de vous rendre directement chez elle, dans son hôtel.

Piskariov descendit en courant l'escalier. Il y avait en effet une calèche dans la cour. Il y monta, la portière se referma, les pavés résonnèrent sous les sabots des chevaux et les rangées de maisons éclairées, les réverbères, les enseignes s'ébranlèrent et se mirent à glisser rapidement en arrière, des deux côtés de la calèche.

Piskariov essayait de réfléchir, mais il ne parvenait pas à comprendre ce qui se passait : une calèche ! un laquais en livrée ! un hôtel !... Il ne pouvait établir un rapprochement entre ce luxe et la chambre au quatrième, les fenêtres poussiéreuses et le piano discord.

La calèche s'arrêta net devant un perron splendidement illuminé, et Piskariov se sentit tout étourdi par le mouvement des voitures, les cris des cochers et la musique qui se déversait des fenêtres brillamment éclairées.

Le laquais à la riche livrée l'aida respectueusement à descendre et le fit entrer dans un vaste vestibule à colonnes de marbre, où se tenait un suisse tout doré et où l'on distinguait sous une grosse lampe une quantité de pelisses et de manteaux.

Un escalier ajouré à la rampe polie se dressait devant le jeune homme dans une atmosphère parfumée. Il monta rapidement et pénétra dans une salle, mais aussitôt recula, épouvanté, à la vue de la multitude qui s'y pressait. La diversité des visages et des costumes le confondit complètement : on aurait dit que quelque démon avait brisé l'univers en morceaux pour les mélanger ensuite sans aucun ordre. Les habits noirs, les brillantes épaules féminines, les lustres et les lampes, les écharpes de gaze, les rubans légers, les contrebasses massives qu'on apercevait à travers la balustrade des chœurs – tout l'émerveillait.

Il y avait là, dans cette salle, tant de respectables vieillards et d'importants personnages couverts de décorations, tant de dames qui glissaient avec une grâce légère et fière sur le parquet reluisant ou bien se tenaient assises en rang, on parlait avec tant de désinvolture français et anglais, le maintien des jeunes gens en habit était si noble, ils causaient et se taisaient avec tant de dignité, sans un mot inutile, ils plaisantaient si discrètement, ils souriaient si respectueusement, leurs favoris étaient si bien soignés et ils exposaient leurs belles mains avec une telle élégance en corrigeant le nœud de leurs cravates, les jeunes filles paraissaient si aériennes, et, baissant leurs yeux adorables, semblaient plongées dans un ravissement tel, que notre héros…

Mais l'aspect intimidé de Piskariov qui se tenait adossé à l'une des colonnes, montrait suffisamment son désarroi.

Il remarqua que la foule entourait un groupe de danseurs et de danseuses. Celles-ci tournaient, enveloppées de ces étoffes transparentes qui nous viennent de Paris, vêtues de robes tissées d'air pur, semblait-il. Leurs petits pieds effleuraient dédaigneusement le parquet et paraissaient ne s'y poser que par condescendance. L'une d'elles les dépassait toutes en beauté et était vêtue avec encore plus d'élégance que les autres ; sa toilette révélait un goût raffiné et d'autant plus exquis que la jeune fille ne paraissait nullement s'en préoccuper. Elle regardait sans la voir, aurait-on dit, la foule des spectateurs qui l'entouraient ; ses longs cils s'abaissaient et se relevaient avec indifférence, et la blancheur éclatante de son visage apparut encore plus éblouissante lorsque, à une inclination de sa tête, une légère ombre glissa sur son front charmant.

Piskariov tenta de fendre la foule de ses admirateurs, afin de la voir de plus près ; mais, à son grand dépit, une grosse tête garnie d'une épaisse chevelure crêpée la lui cachait constamment. De plus, la foule l'enserrait à tel point qu'il n'osait plus ni reculer ni avancer, de crainte de pousser quelque conseiller secret. Il réussit pourtant, après maints efforts, à se glisser au premier rang ; mais arrivé là, et ayant jeté un regard sur ses vêtements pour s'assurer qu'ils étaient en ordre, que vit-il, mon Dieu ! Il était en redingote, une redingote toute tachée de couleurs ! Dans sa hâte à suivre le laquais, il avait oublié de changer de vêtements. Il rougit jusqu'aux oreilles ; il aurait voulu se terrer quelque part ; mais où et comment ? La muraille de brillants jeunes gens qui l'entouraient s'était déjà refermée derrière lui. Il n'avait maintenant plus qu'un désir : s'éloigner au plus vite de la belle jeune fille au front éclatant, aux cils soyeux. Il leva les yeux sur elle, tout honteux : ne le regardait-elle pas ? mon Dieu ! Elle est juste devant lui ! Mais qu'est-ce donc ? Comment cela est-il possible ?... « C'est elle ! » faillit-il s'écrier de toute la puissance de sa voix.

C'était elle en effet, celle-là même qu'il avait rencontrée dans la perspective Nevsky et accompagnée jusqu'à sa demeure.

Elle releva ses cils et enveloppa la foule de son clair regard. « Seigneur ! qu'elle est belle ! » fut-il seulement capable de murmurer, la respiration coupée. Elle parcourut des yeux le cercle entier, où chaque homme essayait d'attirer son attention. Mais avec quelle fatigue, avec quelle expression distraite elle détourna bientôt ses regards qui se croisèrent alors soudain avec ceux de Piskariov. Ciel ! quel paradis s'entrouvre subitement devant lui !... « Seigneur ! donne-moi la force de supporter ce bonheur ! Ma vie ne peut le contenir ! Il brisera mon corps et ravira mon âme !... »

Elle lui fit signe ; non de la main, non d'une inclination de la tête. C'est dans ses yeux expressifs qu'il put lire ce signe à peine perceptible et que personne ne remarqua. Mais lui, il le vit et le comprit.

Les danses durèrent longtemps ; tantôt, comme fatiguée, la musique s'éteignait, se mourait complètement, et tantôt éclatait soudain, bruyante. Mais enfin les danses s'arrêtèrent. Elle s'assit ; sa poitrine palpitait faiblement sous le fin voile de gaze ; sa main (quelle main admirable !) tomba sur ses genoux, et il sembla que la robe sous cette main palpitait aussi, comme vivante, et sa teinte mauve soulignait encore davantage la blancheur lumineuse des doigts.

L'effleurer ! Rien de plus ! Tout autre désir lui aurait paru trop téméraire. Il se tenait debout derrière sa chaise, n'osant même pas respirer.

– Vous vous êtes ennuyé, prononça-t-elle. Je me suis bien ennuyée aussi. Je remarque que vous me haïssez, ajouta-t-elle en abaissant ses longs cils.

« Vous haïr ! moi ! » faillit dire Piskariov, complètement éperdu. Et il allait certainement prononcer des paroles incohérentes, lorsque s'approcha d'eux un chambellan qui lança quelques traits spirituels et aimables. Son crâne s'ornait d'un élégant toupet bien frisé, et il montrait en parlant une rangée d'assez belles dents. Chacune de ses plaisanteries perçait le cœur de Piskariov d'un trait aigu. Enfin, par bonheur, quelqu'un s'adressa au chambellan qui se détourna pour répondre.

– Comme c'est insupportable ! dit-elle en levant sur le jeune homme ses yeux célestes. Je vais m'asseoir à l'autre bout de la salle. Rejoignez-moi !

Elle pénétra dans la foule et disparut. Il se précipita comme un fou, fendit la cohue et parvint à l'endroit qu'elle lui avait désigné.

« Oui, c'est bien elle. Elle est assise là... On dirait une reine, la plus belle de toutes... »

Elle le chercha des yeux.

– Vous voilà, dit-elle tout bas. Je serai franche avec vous. Les circonstances de notre première rencontre vous paraissent certainement bien étranges. Mais pouvez-vous vraiment croire que j'appartienne à la méprisable catégorie de ces créatures parmi lesquelles vous m'avez trouvée ? Mes actes peuvent vous sembler étranges. Mais je vais vous dévoiler un secret ; serez-vous capable de ne jamais le trahir ? prononça-t-elle en le regardant droit dans les yeux.

– Oh ! oui. Je vous serai fidèle.

Mais juste à cet instant un homme assez âgé s'approcha d'eux et, s'adressant à la jeune fille en une langue que Piskariov ne connaissait pas, il lui offrit son bras. Elle jeta à Piskariov un regard suppliant en lui faisant signe de rester là et de l'attendre. Mais, brûlant d'impatience, il était incapable d'obéir à un tel ordre, bien que venant d'elle. Il se leva pour la suivre, mais la foule les sépara. Il ne distinguait plus la robe mauve. Il allait d'une salle à l'autre, très agité, jouant des coudes, sans se gêner. Mais il ne voyait partout que des tables de jeu autour desquelles se tenaient assis, au milieu d'un silence de tombe, d'importants personnages. Dans un coin de la chambre, quelques messieurs mûrs discutaient des avantages que présentait la carrière militaire. Dans un autre groupe, des jeunes gens arborant des fracs d'une coupe irréprochable, causaient d'un ton léger de la vaste production d'un poète, travailleur acharné. Piskariov sentit qu'un monsieur d'allure respectable le saisissait par le bouton de son habit pour lui exposer ses idées, extrêmement judicieuses d'ailleurs. Mais il le repoussa brutalement, sans faire même attention à la décoration que le personnage portait au cou. Il réussit à s'introduire dans la pièce voisine : l'inconnue n'y était pas, pas plus que dans la suivante...

« Où est-elle ? Rendez-la-moi ! Je ne puis continuer à vivre sans l'avoir vue au moins une fois encore ! Je dois savoir ce qu'elle voulait me dire ! »

Mais toutes ses recherches demeuraient vaines. Inquiet, épuisé, il se blottit dans un coin, et se mit à dévisager les gens autour de lui. Mais, sous ces regards tendus et fixes, les objets perdirent peu à peu leurs contours, leurs couleurs, et il vit tout à coup apparaître les murs gris de sa chambre. Il leva machinalement les yeux : oui, voilà le chandelier, au fond duquel une mèche consumée jette ses dernières lueurs ; la chandelle est complètement fondue, et sur la table se voit une large tache de graisse.

Il avait dormi ! Ce n'était donc qu'un rêve !

Quel beau rêve ! Pourquoi fallait-il qu'il se réveillât ? Pourquoi n'avoir pas attendu, ne fût-ce qu'une minute encore ? Elle lui serait certainement apparue de nouveau. L'aube irritante, pénétrant dans la chambre, l'emplissait d'une lueur trouble et pénible. Tout était en désordre, tout était morne et triste. Que la réalité est donc affreuse ! Peut-on la comparer au rêve ? Il se déshabilla promptement, se coucha, s'enroula dans sa couverture, voulant à toute force évoquer son rêve interrompu. Le sommeil engourdit aussitôt son corps, en effet ; mais il ne lui accorda pas ce que Piskariov espérait : c'était tantôt le lieutenant Pirogov et sa pipe, tantôt le concierge de l'Académie, tantôt la tête de la vieille Finnoise dont il avait fait le portrait quelque temps auparavant, ou d'autres images aussi vaines.

Il resta au lit jusqu'à midi, espérant la voir encore une fois, mais la belle inconnue ne revint plus. « Oh ! la revoir, ne fût-ce qu'un instant seulement ! Revoir ses traits divins, son bras d'une blancheur aussi éblouissante que la neige des cimes inviolées ! Entendre encore son pas léger !... »

Incapable de réfléchir, il demeurait assis, désemparé, ébloui par sa vision, sans force pour s'occuper de quoi que ce fût, ses regards vagues tournés vers la fenêtre donnant sur la cour, où un porteur d'eau à l'aspect misérable remplissait des brocs, tandis que résonnait la voix chevrotante du marchand d'habits : « Vieux habits !... à vendre !... »

La réalité banale blessait douloureusement ses sens.

Il demeura dans cet état jusqu'au soir, et lorsque vint la nuit, il retourna avec joie dans son lit. Il fut obligé de lutter longtemps contre l'insomnie, mais finalement le sommeil vint clore ses paupières.

Un rêve encore !... Mais un rêve plat, stupide !... « Mon Dieu ! aie pitié de moi ! Fais-la apparaître à mes yeux, ne fût-ce que pour un instant !... »

La journée qui suivit se passa dans l'attente inquiète de la nuit. Il s'endormit, mais rêva encore une fois de je ne sais quel fonctionnaire, qui prenait parfois l'aspect d'un basson. « Oh ! c'est insupportable !... Mais la voilà ! C'est bien son visage ! Ce sont ses longues boucles ! Mais elle s'évanouit presque aussitôt ; un voile grisâtre la cache... »

Toutes les puissances de son être finirent par se concentrer autour de ses rêves, et sa vie acquit alors un caractère étrange ; on aurait dit qu'il dormait étant éveillé, et veillait au contraire dans son sommeil. Si quelqu'un l'avait vu, tandis qu'il se tenait assis devant une table vide ou marchait dans la rue, l'air absent, celui-là l'eût certainement pris pour un lunatique ou pour un ivrogne hébété par l'alcool. Son regard était vide de toute expression ; sa distraction naturelle, se développant sans entrave, effaçait impérieusement de son visage toute pensée, tout sentiment. Il ne recommençait à vivre qu'à la tombée de la nuit.

Cet état d'esprit ruinait ses forces. Mais ce fut pis encore lorsque le sommeil, n'obéissant plus à ses désirs, l'abandonna complètement. Voulant sauvegarder son unique trésor, il essaya de tous les moyens pour combattre l'insomnie. Il avait entendu dire qu'il existait un remède excellent contre celle-ci, et qu'il suffisait pour dormir de prendre quelques gouttes d'opium. Il se souvint alors d'un marchand persan qui avait une boutique d'étoffes orientales et qui, chaque fois qu'il rencontrait Piskariov, lui demandait de lui peindre une jolie femme.

Piskariov résolut de s'adresser au Persan qui devait certainement avoir de l'opium.

Le marchand le reçut, assis sur son divan, les jambes ramenées sous lui.

– Qu'as-tu besoin d'opium ? lui demanda-t-il.

Piskariov lui confia son insomnie.

– Bien, je t'en donnerai ; mais toi, tu me dessineras une belle femme. Il faut qu'elle soit vraiment belle, entends-tu ? Ses sourcils doivent être noirs et ses yeux aussi larges que des olives. Et tu me dessineras, assis à ses côtés et fumant ma pipe. Comprends-tu ? il faut qu'elle soit très belle.

Piskariov promit tout ce qu'il voulut. Le Persan quitta la chambre pour un instant et rentra portant un petit pot rempli d'une liqueur brune ; il en versa prudemment la moitié dans un autre pot, qu'il remit à Piskariov en lui recommandant de ne pas en prendre plus de sept gouttes dans un verre d'eau. Piskariov se saisit avidement du petit récipient, qu'il n'aurait pas échangé contre un monceau d'or, et courut aussitôt à la maison.

Rentré chez lui, il versa quelques gouttes du liquide dans un verre et ayant bu, il se coucha.

« Dieu ! quel bonheur ! C'est elle ! c'est bien elle ! mais sous un aspect tout différent. Comme elle est jolie, assise à la fenêtre de cette maison de campagne, claire et propre ! Sa robe est d'une simplicité aussi parfaite que celle que revêt la pensée d'un poète. Sa coiffure… comme elle est modeste, cette coiffure, et comme elle lui va bien ! Un fichu léger recouvre son cou gracieux… Tout en elle respire la pudeur et tout en elle est harmonieux. Comme elle est souple, sa démarche gracieuse ! Quelle musique évoquent ses pas et le bruissement de sa robe ! Quelle douceur dans ce bras qu'enserre un bracelet formé de cheveux tressés ! »

Les larmes aux yeux, elle lui dit :

– Ne me méprisez pas. Je ne suis pas ce que vous croyez. Regardez-moi ! regardez-moi bien : suis-je capable de faire ce dont vous m'accusez ?

– Oh ! non ! non ! Que celui qui ose l'accuser…

Il se réveilla, très ému, bouleversé, les yeux pleins de larmes.

« Mieux eût valu pour toi ne pas exister du tout, rester étrangère à ce monde, n'être que l'œuvre d'un artiste inspiré ! Il n'aurait pas quitté sa toile, il t'aurait admirée sans cesse et t'aurait couverte de baisers !… Je n'aurais vécu, je n'aurais respiré que pour toi ! J'aurais été heureux et n'aurais pas eu d'autres désirs ! Je t'aurais invoquée comme mon ange gardien à mon réveil et avant de m'endormir ! Et je me serais adressé à toi en me mettant au travail, chaque fois que j'aurais eu à exprimer quelque sentiment saint et sublime… Mais aujourd'hui ! quelle situation affreuse ! Que me donne son existence réelle ? En persistant à vivre, un fou peut-il faire le bonheur de ceux-là mêmes qui l'aimaient jadis, de ses amis, de ses parents ?… Quelle horreur que notre vie, et ses contrastes entre le rêve et la réalité !… »

Telles étaient à peu près les pensées qui occupaient continuellement son esprit. Il ne songeait à rien d'autre. Il ne mangeait presque pas et attendait chaque soir, avec toute l'impatience, avec toute l'ardeur d'un amoureux passionné, la visite de la vision adorée.

Grâce à la concentration de toutes ses pensées sur un objet unique, celui-ci acquit un tel pouvoir sur son imagination que l'image de la belle inconnue finit par le visiter presque chaque nuit, revêtant toujours un aspect complètement différent de celui sous lequel la jeune femme lui était apparue dans la réalité, car ses pensées étaient aussi pures que celles d'un enfant et dans ses rêves, l'image de la femme aimée se transfigurait entièrement.

Sous l'action de l'opium, son imagination s'enflamma encore davantage, et s'il y eut jamais un amant fou d'amour, malade de passion, torturé et malheureux, ce fut certainement lui.

Un de ces rêves l'emplit d'une joie particulièrement intense : il était dans son atelier, travaillant gaiement, sa palette à la main. Elle est là, auprès de lui ; ils sont déjà mariés. Assise à ses côtés, elle suit son travail, son charmant coude posé sur le dossier de la chaise. Ses regards fatigués et dolents reflètent le doux fardeau du bonheur. La chambre, claire et propre, paraît un paradis... Mon Dieu ! elle incline la tête et la pose sur sa poitrine à lui !... Jamais il ne fit de plus beau rêve.

Quand il s'éveilla le lendemain, il se sentit plus frais, plus dispos, moins distrait, et il conçut un projet étrange.

Il se peut, songea-t-il, qu'elle ait été entraînée dans la débauche involontairement, par suite de quelque circonstance mystérieuse ; il se peut que son âme soit déjà disposée au repentir et qu'elle aspire déjà à échapper à son atroce esclavage. Va-t-il assister indifférent à sa perte définitive, lorsqu'il suffit, peut-être, de lui tendre une main secourable pour lui éviter la mort ?

Ses pensées allèrent encore plus loin dans cette voie : « Personne ne me connaît, se disait-il ; personne ne s'occupe de ce que je fais, et je n'ai cure de personne. Si elle manifeste un repentir sincère et consent à changer d'existence, je l'épouserai. Oui, je dois l'épouser ; et je suis certain qu'en faisant cela, j'agis mieux que tant d'autres qui épousent leur cuisinière ou quelque créature tout à fait méprisable. Mon action est désintéressée et peut être même utile, si je parviens à rendre au monde son plus bel ornement. »

Ayant bien examiné ce plan, il sentit le sang affluer à ses joues. Il s'approcha de son miroir et fut lui-même épouvanté à la vue de son visage hâve et décharné. Il fit une toilette soignée, se lava, peigna ses cheveux, revêtit un nouveau frac et un gilet élégant, jeta un manteau sur ses épaules et sortit. Il aspira l'air frais et se sentit tout ragaillardi, comme un convalescent sorti pour la première fois après une longue maladie.

Son cœur battait fortement lorsqu'il s'engagea dans la rue où il n'avait plus mis le pied depuis la fatale rencontre. Il chercha longtemps la maison : ses souvenirs n'étaient plus suffisamment précis ; il parcourut deux fois la longue rangée de bâtisses, sans parvenir à reconnaître celle qu'il cherchait. Enfin il la retrouva.

Il monta rapidement l'escalier et frappa à la porte. Ce fut elle qui la lui ouvrit. Oui ! c'est bien elle ! la vision mystérieuse ! la belle inconnue de ses rêves, pour laquelle il vivait, si douloureusement, si voluptueusement. Elle est là, devant lui.

Il frémit, et sa faiblesse soudaine fut telle, qu'il faillit tomber et s'évanouir de bonheur. Elle se tenait devant lui, toujours aussi belle, bien que ses yeux fussent gonflés de sommeil, bien que ses joues, moins fraîches, eussent pâli. Elle était belle pourtant.

– Ah ! s'exclama-t-elle à la vue de Piskariov en se frottant les yeux (bien qu'il fût déjà deux heures de l'après-midi). Pourquoi vous êtes-vous enfui si brusquement la fois passée ?

Il se laissa tomber sur une chaise, défaillant, mais sans la quitter des yeux.

– Je viens seulement de m'éveiller. On m'a ramenée à sept heures du matin ; j'étais complètement ivre, ajouta-t-elle en souriant.

« Oh ! tais-toi ! Il vaudrait mieux que tu fusses muette que de prononcer de telles paroles ! » Elle venait de révéler aux yeux de Piskariov l'image complète de son existence. Il résolut pourtant d'essayer de la convaincre. Rassemblant ses idées, d'une voix tremblante mais ardente, il se mit à lui dépeindre toute l'horreur de la vie qu'elle menait. Elle l'écoutait, l'air attentif, mais avec cette expression étonnée que provoque en nous la vue de quelque objet étrange ou inattendu. Elle regardait en souriant sa compagne qui, ayant déposé le peigne qu'elle tenait à la main, écoutait attentivement le jeune prédicateur.

– Je suis pauvre, il est vrai, dit Piskariov en terminant sa longue harangue ; mais nous travaillerons. Nous nous efforcerons, en joignant nos efforts, d'améliorer notre vie. Il n'y a rien de plus agréable que de dépendre de soi seul. Je peindrai, et toi, assise auprès de moi et m'encourageant, tu t'occuperas de quelque ouvrage de couture ; je suis certain que nous n'aurons à endurer nulle privation.

– Que je me mette à travailler, moi ? prononça la jeune fille d'un ton méprisant. Je ne suis pas une couturière ou une blanchisseuse pour travailler de mes mains !

Mon Dieu ! Ces quelques mots reflétaient toute sa misérable existence, et exprimaient l'oisiveté et l'inertie, compagnes inséparables de la débauche.

– Épousez-moi ! lança tout à coup d'un ton impudent la seconde femme qui jusque-là n'avait encore rien dit. Si je me mariais, je me tiendrais toujours ainsi. – Et ce disant, elle prêta à son pitoyable visage une expression stupide qui fit beaucoup rire la belle inconnue.

Non ! c'en était trop ! Il n'avait plus la force d'en supporter davantage. Il s'enfuit, éperdu.

L'esprit bouleversé, il erra tout le jour sans but, n'entendant rien, ne voyant rien. Personne ne sut jamais où et comment il avait passé la nuit. Le lendemain seulement, guidé par un instinct irraisonné, il rentra chez lui, le visage hagard, les cheveux en désordre, pareil à un insensé.

Il s'enferma dans sa chambre, n'y laissant pénétrer personne. Quelques jours se passèrent ainsi, puis une semaine, pendant laquelle la porte de son atelier ne s'ouvrit pas une seule fois. On s'inquiéta enfin, on l'appela, on frappa sans obtenir nulle réponse. On fit alors sauter la serrure de sa porte et l'on découvrit par terre son cadavre étendu, la gorge ouverte et tenant encore à la main un rasoir ensanglanté. D'après ses traits convulsés et la position des bras violemment déjetés, l'on comprit que sa main avait tremblé et qu'il avait souffert longtemps avant que son âme pécheresse eût enfin quitté son corps.

Ainsi périt, victime de sa passion insensée, le pauvre Piskariov, si doux, si modeste, si naïf et qui possédait certainement les germes d'un talent qui aurait pu brillamment se développer par la suite. Personne ne le pleura, personne ne fit à son corps l'aumône d'un regard, sauf l'inspecteur de police et le médecin municipal aux yeux indifférents.

Son cercueil fut transporté au cimetière d'Okhta sans pompe religieuse, et il ne fut accompagné que par le gardien du cimetière, lequel versa quelques larmes, parce qu'il avait précisément bu un coup de trop ce jour-là.

Même le lieutenant Pirogov ne se dérangea pas pour dire adieu à la dépouille de son ami, qu'il avait honoré pourtant de sa haute protection. D'ailleurs, le lieutenant Pirogov avait bien autre chose à faire : il était en effet engagé dans une aventure assez extraordinaire.

Occupons-nous donc de lui maintenant.

Je n'aime pas beaucoup les morts et les cadavres, et je suis toujours très agacé lorsqu'une procession funèbre vient traverser ma route et que je vois un invalide, vêtu comme un capucin, porter à son nez une prise de tabac de sa main gauche, la droite tenant un flambeau. J'éprouve un sentiment de dépit à la vue d'un riche catafalque et d'un cercueil capitonné de velours. Mais mon dépit s'allie à la tristesse lorsque je vois un cocher conduire à sa dernière demeure le cercueil de sapin d'un pauvre, que rien ne recouvre et qu'accompagne parfois, n'ayant rien de mieux à faire, quelque mendiante rencontrée au coin d'une rue.

Nous avons quitté, je crois, le lieutenant Pirogov au moment où ayant abandonné Piskariov, il s'était précipité sur les pas d'une jolie blonde.

Cette blonde était une créature mignonne et piquante. Elle s'arrêtait devant chaque magasin et se plongeait dans la contemplation des ceintures, boucles d'oreilles, fichus et autres colifichets exposés, tout en ne cessant de jeter des regards à droite et à gauche et de tourner la tête en arrière. « Je te tiens, ma chérie ! » se dit, très satisfait, Pirogov ; et relevant le collet de son manteau, afin de ne pas risquer d'être reconnu par quelque ami, il continua sa poursuite.

Mais il serait bon de présenter au préalable à mes lecteurs le lieutenant Pirogov.

Pourtant, avant de vous dire ce qu'était ce lieutenant Pirogov, je crois qu'il faudrait donner quelques explications sur la société à laquelle il appartenait.

Certains officiers forment à Pétersbourg une sorte de classe moyenne. Vous rencontrerez immanquablement l'un de ces jeunes gens aux soirées et aux dîners des conseillers d'État et des conseillers d'État actuels, qui ont acquis ces titres par quarante années de service ; quelques demoiselles, souvent montées en graine, aussi pâles et effacées que le ciel de Pétersbourg, une table à thé, un piano, une sauterie, constituent les éléments obligatoires de ces réunions, où sous la lampe vous verrez aussi scintiller quelque épaulette dorée, entre la robe de tulle d'une douce blonde et l'habit noir d'un frère ou d'un ami. Il est extrêmement difficile d'animer ces placides jeunes filles et de les faire rire ; il faut beaucoup d'art pour y atteindre, ou, pour mieux dire, une absence totale de tout art ; il faut dire des choses qui ne soient ni trop intelligentes ni trop spirituelles et qui n'exigent pas pour être comprises de trop grands efforts intellectuels. Mais on doit rendre en cela justice à ces messieurs : ils possèdent un talent spécial pour attirer l'attention de ces beautés et les faire rire ; et la meilleure récompense de leurs efforts, ce sont ces exclamations entrecoupées de rires que provoquent leurs plaisanteries : « Mais cessez donc ! N'avez-vous pas honte de nous faire rire ainsi ? »

On rencontre rarement ces messieurs dans les sphères supérieures de la société, dont ils ont été éliminés par ceux qu'on nomme aristocrates. Ils sont considérés pourtant comme des jeunes gens instruits et bien élevés ; ils aiment à discuter littérature ; ils louent Boulgarine, Gretch et Pouchkine et raillent spirituellement et sur un ton méprisant les œuvres d'Orlov. Ils ne laissent jamais passer une conférence, fût-ce sur les méthodes de comptabilité ou sur l'agriculture. Au théâtre, on les voit à tous les spectacles, à moins qu'on n'y joue quelque pièce trop vulgaire pour leurs goûts raffinés ; et les entreprises théâtrales ont en eux d'excellents clients. Ils aiment tout particulièrement les vers bien sonores et prennent plaisir à rappeler les acteurs en faisant grand tapage. Ceux d'entre eux qui professent dans des écoles militaires ou qui préparent aux examens militaires, finissent par avoir chevaux et voitures. Leurs relations s'étendent alors, et ils parviennent finalement à épouser quelque fille de marchand, bien dotée, sachant jouer du piano et pourvue d'une bande de parents à longues barbes. Mais cet honneur n'échoit à nos officiers que lorsqu'ils ont atteint au moins le grade de colonel, car, bien qu'elles fleurent encore souvent les choux aigres, nos barbes russes ne veulent avoir pour gendres que des Excellences ou, tout au moins, des colonels.

Tels sont donc les traits distinctifs de cette catégorie de jeunes gens, à laquelle appartenait le lieutenant Pirogov ; mais celui-ci possédait encore de nombreuses qualités en propre. Il déclamait parfaitement les vers de la comédie *Le malheur d'avoir trop d'esprit*[1] et ceux de la tragédie *Dimitri Donskoï*[2], et était passé maître dans l'art de lancer des ronds de fumée qu'il enchaînait par douzaines. Il savait aussi raconter de jolies anecdotes. Mais je crois qu'il est assez difficile de dénombrer tous les talents dont le destin avait doté Pirogov. Il parlait volontiers des actrices et des danseuses, mais sur un

1. Comédie de Griboïedov.
2. Tragédie de Koukolnik.

ton moins dégagé que celui qu'emploient généralement les tout jeunes sous-lieutenants.

Il était très satisfait de son grade, obtenu depuis peu, et, bien qu'il répétât souvent, étendu tout de son long sur son divan : « Tout n'est que vanité ! Me voilà lieutenant ; mais quelle importance cela a-t-il ? » son amour-propre en était secrètement flatté pourtant, et dans le cours de la conversation il faisait volontiers allusion à son grade. Ayant même rencontré une fois dans la rue un scribe dont le salut ne lui sembla pas suffisamment respectueux, il l'arrêta aussitôt et lui fit observer en quelques mots brefs, mais bien sentis, qu'il avait devant lui un lieutenant et non pas quelque officier subalterne. Il fut d'autant plus éloquent en ce cas que deux dames assez jolies passaient justement devant lui.

Pirogov manifestait en général une grande admiration pour la beauté et l'élégance, et protégeait volontiers les débuts de son ami Piskariov ; il se peut d'ailleurs qu'il fût guidé en cela par le désir de voir son mâle visage reproduit par le peintre sur une toile.

Mais assez parlé des qualités du lieutenant Pirogov ! L'homme est un être si merveilleux qu'il est impossible de dénombrer en une fois toutes ses vertus, car à mesure qu'on les examine de plus près on y découvre de nouveaux détails, dont la description serait interminable.

Pirogov continuait donc de poursuivre la jolie inconnue, en lui posant de temps à autre des questions, auxquelles elle ne répondait qu'en émettant des sons brefs et inintelligibles.

Ils passèrent sous le porche humide de la porte de Kazan et pénétrèrent dans la rue Mestchanskaïa, la rue des boutiques de tabac, des petites épiceries, des artisans allemands et des « nymphes » finnoises. La dame blonde, se hâtant, entra en coup de vent dans une maison d'aspect plutôt minable. Pirogov la suivit. Ils montèrent rapidement, l'un derrière l'autre, un escalier de fer étroit et sombre. Elle poussa une porte dont Pirogov passa audacieusement le seuil sur ses traces.

Il se vit dans une vaste chambre aux murs noircis, au plafond enfumé. Le plancher était recouvert de tas de limaille de cuivre et de fer ; une grande table supportait des cafetières, des chandeliers, des vis, des instruments. Pirogov devina aussitôt qu'il se trouvait chez un ferblantier. Traversant la chambre, l'inconnue disparut par une autre porte. Après un instant d'hésitation, Pirogov, selon l'habitude russe, résolut d'aller audacieusement de l'avant. Il suivit donc la jeune femme et entra dans une autre chambre qui ne ressemblait en rien à la première : la propreté et l'ordre qui y régnaient disaient que le maître de la maison était un Allemand.

Pirogov s'arrêta tout interdit : il vit devant lui Schiller, non pas le Schiller qui écrivit *Guillaume Tell* et *L'Histoire de la Guerre de Trente Ans,* mais Schiller, le ferblantier bien connu de la rue Mestchanskaïa. Auprès de Schiller se tenait Hofmann, non pas l'écrivain Hoffmann, mais le cordonnier qui a un atelier dans la rue Ofitserskaïa, un vieux camarade de Schiller. Celui-ci était complètement ivre. Assis sur une chaise, il frappait le plancher du pied et racontait je ne sais quelle histoire, en y mettant beaucoup de passion. Tout cela n'aurait pas trop étonné Pirogov, n'eût été la position respective des deux personnages.

Schiller était assis, la tête relevée, son gros nez en l'air, tandis que Hofmann pinçait ce nez entre les deux doigts de la main gauche et brandissait de la droite son couteau de cordonnier. Les deux personnages parlaient allemand, et comme Pirogov n'était pas fort en allemand et ne savait dire que « gut Morgen », il ne pouvait comprendre ce qui se passait.

Or, voici ce que disait Schiller :

« Je ne veux pas ! Je n'ai pas besoin de nez, criait-il en gesticulant. Je dépense pour ce nez trois livres de tabac par mois et je le paye à ce vilain marchand russe – car les boutiques allemandes ne vendent pas de tabac russe – quarante kopecks la livre, ce qui fait un rouble et vingt kopecks. Or, douze fois un rouble vingt, cela fait quatorze roubles et quarante kopecks. Tu entends, ami Hofmann ? Rien que mon nez me coûte quatorze roubles et quarante kopecks ; mais les jours de fête je prise encore du *Râpé,* car je ne veux pas priser aux fêtes de ce détestable tabac russe. Je prise par an deux livres de *Râpé,* à trois roubles la livre. Six et quatorze, cela fait vingt roubles et quarante kopecks, que je dépense pour mon tabac chaque année. C'est un vol, n'est-il pas vrai, ami Hofmann ? (Hofmann, qui était ivre aussi, répondit affirmativement.) Je suis un Allemand de la Souabe ; j'ai un roi en Allemagne ! Je ne veux pas de nez ! Coupe-le-moi ! Je te le donne ! »

Si le lieutenant Pirogov n'était brusquement apparu, Hofmann aurait certainement coupé le nez de Schiller, car il avait déjà saisi son couteau comme pour tailler une semelle.

Schiller fut évidemment très dépité qu'un inconnu eût interrompu ainsi l'opération et, bien qu'il fût plongé dans la bienheureuse ivresse que procurent la bière et le vin, il comprit qu'il ne convenait pas d'être surpris dans cette situation. Mais Pirogov s'inclina légèrement et prononça avec la noblesse qui lui était coutumière :

– Excusez-moi !

– Va-t'en ! fit d'une voix pâteuse Schiller.

Pirogov demeura tout interdit. Un tel accueil était nouveau pour lui. Le sourire qui s'épanouissait sur son visage disparut soudain, et il dit d'un ton blessé mais digne :

– Je suis étonné, Monsieur ! Vous n'avez probablement pas remarqué que je suis un officier ?

– Qu'est-ce que cela me fait ! Je suis un Allemand de Souabe ! Je pourrais être moi-même officier : un an et demi aspirant, deux ans sous-officier, et demain je serai officier. Mais je ne veux pas servir dans l'armée. Voilà ce que je ferai avec les officiers, moi : pfuit !... Et c'est tout ! – Schiller étendit la main et souffla dessus.

Le lieutenant Pirogov vit qu'il n'avait autre chose à faire qu'à se retirer. Mais cette manière d'agir, peu compatible avec la dignité de son grade, lui produisit une impression fort pénible. En descendant l'escalier, il s'arrêta plusieurs fois comme pour rassembler ses idées et réfléchir au moyen de faire sentir à Schiller l'inconvenance de sa conduite.

Il se dit enfin qu'on pouvait excuser Schiller, les fumées du vin appesantissant son cerveau. De plus, il songea à la jolie blonde et résolut de ne pas faire attention aux paroles de Schiller.

Le lendemain matin, de très bonne heure, Pirogov se rendit à l'atelier du ferblantier ; il fut reçu dans la première chambre par la jolie blonde qui d'une voix sévère (elle allait d'ailleurs fort bien à son visage) lui demanda :

– Que désirez-vous ?

– Ah ! bonjour, ma chérie ! Vous ne me reconnaissez pas ? Ah ! la coquine ! quels beaux yeux !

Sur ces mots Pirogov tenta de saisir gentiment le menton de la jeune femme ; mais celle-ci eut une exclamation craintive et répéta d'un ton aussi sévère :

– Que désirez-vous ?

– Vous voir. Je ne désire rien de plus ! fit le lieutenant Pirogov, souriant agréablement et se rapprochant de la dame ; mais, remarquant que celle-ci se disposait à s'enfuir, il ajouta : Je voudrais, ma chérie, commander des éperons. Pouvez-vous me faire des éperons ? Bien que pour vous aimer, les éperons ne soient nullement nécessaires ; c'est une bride au contraire qu'il faudrait. Oh ! quelles mains délicieuses !

Le lieutenant Pirogov se montrait toujours extrêmement galant dans de semblables situations.

– Je vais appeler mon mari ! s'écria la jeune femme, et elle sortit.

Au bout de quelques minutes, Pirogov vit entrer Schiller, les yeux bouffis de sommeil et qui n'avait pas encore repris complètement ses esprits après sa beuverie. À la vue de l'officier, il revit comme en rêve les événements de la veille : il ne se souvenait pas exactement de ce qui s'était passé, mais sentant qu'il avait commis une bêtise, il accueillit l'officier d'un ton très rogue.

– Je ne peux pas prendre moins de quinze roubles pour des éperons, dit-il, voulant se débarrasser de Pirogov, car, en sa qualité d'honnête Allemand, il lui était pénible de regarder en face celui qui l'avait vu dans un état si peu correct.

Schiller aimait boire sans témoin, en compagnie de quelques camarades, et se cachait alors de ses propres ouvriers.

– C'est bien cher, dit d'une voix douce Pirogov.

– Ce sera du travail allemand, prononça fermement Schiller, en se caressant le menton. Un Russe ne prendrait, il est vrai, que deux roubles.

– Je suis prêt à payer, pour vous prouver mon estime et afin de vous connaître de plus près. Je vous donnerai quinze roubles.

Schiller demeura un instant songeur et son cœur d'honnête artisan allemand ressentit une certaine honte ; désireux d'éviter la commande de l'officier, il lui déclara qu'il ne pourrait terminer ce travail avant deux semaines ; mais, sans discuter, Pirogov lui dit qu'il était prêt à attendre.

Le consciencieux Schiller se mit à réfléchir au moyen d'exécuter le travail de telle sorte qu'il pût réellement valoir quinze roubles.

À cet instant, la jolie blonde entra dans l'atelier et se mit à ranger les cafetières sur la table. Le lieutenant Pirogov profita de la songerie de Schiller pour s'approcher de sa femme et lui serrer le bras qui était nu jusqu'à l'épaule.

Cela déplut fort à Schiller.

– *Meine Frau !* s'écria-t-il.

– *Was wollen Sie doch ?* répondit la jolie blonde.

– *Gehen Sie* à la cuisine.

La jeune femme sortit.

– Ainsi donc, dans deux semaines, dit Pirogov.

– Oui, dans deux semaines, fit Schiller, tout songeur. J'ai beaucoup de travail en ce moment.

– Au revoir ! Je repasserai.

– Au revoir, fit Schiller, en fermant la porte derrière l'officier.

Le lieutenant Pirogov résolut de ne pas s'arrêter en si bon chemin, bien qu'il fût évident que la jeune femme ne lui céderait pas facilement ; mais Pirogov ne pouvait comprendre qu'on lui résistât, d'autant plus que sa belle prestance et son grade lui donnaient droit à quelque attention. Mais il faut dire que la femme de Schiller, tout en étant fort jolie, était aussi très sotte. D'ailleurs, la sottise ajoute un charme de plus à une jolie femme. Je connaissais, en effet, de nombreux maris qui étaient extrêmement satisfaits de la sottise de leur épouse : ils y voyaient l'indice d'une sorte d'innocence enfantine. La beauté produit de vrais miracles : tous les défauts moraux et intellectuels d'une jolie femme nous attirent vers elle, au lieu de nous en écarter, et le vice même, en ce cas, acquiert un charme particulier ; mais dès que sa beauté disparaît, la femme est obligée d'être beaucoup plus intelligente que l'homme pour inspirer non pas l'amour, mais simplement le respect.

Pourtant, la femme de Schiller, bien que fort sotte, était fidèle à son devoir, aussi l'entreprise audacieuse de Pirogov avait-elle très peu de chances de réussir. Mais il y a toujours une sorte de volupté à vaincre les obstacles, et la conquête de la jolie Allemande présentait un très grand intérêt aux yeux du lieutenant. Il vint souvent se renseigner au sujet des éperons qu'il avait commandés ; si bien que Schiller, fort ennuyé, fit tout son possible pour terminer ce travail au plus tôt. Les éperons furent enfin prêts.

– Oh ! quel beau travail ! s'écria le lieutenant Pirogov à la vue des éperons. Comme ils sont bien taillés. Notre général n'en a certainement pas d'aussi beaux !

L'amour-propre de Schiller s'épanouit. Ses regards s'animèrent et il se réconcilia intérieurement avec Pirogov. « L'officier russe est un homme intelligent », se dit-il.

– Pouvez-vous me faire une gaine pour un poignard que j'ai chez moi ?

– Mais certainement, dit Schiller, en souriant aimablement.

– En ce cas, faites-moi donc une gaine ; je vous apporterai le poignard ; un beau poignard turc. Mais je désirerais que la gaine fût d'un autre style.

Schiller crut recevoir une bombe sur le crâne. Son front se fronça. « En voilà une histoire ! » se dit-il, en se reprochant amèrement d'avoir provoqué cette commande. Refuser eût été malhonnête, d'autant plus que l'officier russe avait loué son travail. Il accepta donc la nouvelle commande en hochant la tête, très dépité. Mais le baiser, qu'en sortant, Pirogov planta audacieusement en plein sur les lèvres de la jolie blonde le plongea dans de fort désagréables réflexions.

Je crois bon de faire faire ici au lecteur plus ample connaissance avec Schiller.

Schiller était un parfait Allemand, dans le sens le plus complet de ce terme. Dès l'âge de vingt ans, dès ce temps heureux où le Russe mène une existence instable et facile, Schiller avait fixé les moindres détails de sa vie, et jamais il n'admit, sous aucun prétexte, la moindre dérogation à l'ordre qu'il avait établi. Il avait résolu de se lever à sept heures, de dîner à deux heures, d'être exact en son travail et de s'enivrer tous les dimanches. Il s'était également promis d'amasser en dix ans cinquante mille roubles, et cette décision était tout aussi irrévocable qu'un arrêt du destin, car il arriverait plutôt à un fonctionnaire d'oublier de saluer son chef qu'à un Allemand de ne pas exécuter sa parole. Il ne variait jamais ses dépenses, et si le prix des pommes de terre montait, il ne dépensait pas un kopeck de plus, mais réduisait simplement ses achats ; son estomac ne s'en montrait pas toujours satisfait, mais il s'y habituait vite. L'ordre qui réglait son existence était si sévère, qu'il avait décidé de ne pas embrasser sa femme plus de deux fois par jour, et afin de ne pas être tenté de l'embrasser plus souvent, il ne mettait jamais qu'une petite cuillerée de poivre dans sa soupe.

Le dimanche, pourtant, cet ordre était moins rigoureusement observé, parce que Schiller buvait alors deux bouteilles de bière et une bouteille d'anisette, contre laquelle il pestait toujours d'ailleurs. Il buvait tout autrement que les Anglais qui, immédiatement après le dîner, s'enferment chez eux à clef et se saoulent dans la solitude. Non ! en bon Allemand, il s'enivrait avec passion, pourrait-on dire, en compagnie du cordonnier Hofmann ou du menuisier Kuntz, Allemand lui aussi, et grand ivrogne par surcroît.

Tel était donc le brave Schiller, que la conduite du lieutenant Pirogov plaçait dans une situation très difficile. Bien que Schiller fût allemand et possédât un caractère placide, les agissements du lieutenant Pirogov excitaient en lui une certaine jalousie. Il se cassait la tête pour trouver le moyen de se débarrasser de l'officier russe. Pirogov, de son côté, tout en fumant la pipe avec ses camarades – car la Providence a décrété que là où il y aurait des officiers, il y aurait aussi des pipes –, Pirogov laissait entendre avec un sourire significatif qu'il avait une intrigue en train avec une charmante blonde qui n'avait déjà plus rien à lui refuser, bien qu'il eût failli un moment perdre tout espoir de réussite.

Un jour, en flânant dans la rue Mestchanskaïa et en examinant la maison qu'ornait l'enseigne de Schiller, où l'on avait dessiné des cafetières et des bouilloires, il vit à sa grande joie la tête de la jeune femme qui se penchait à la fenêtre et regardait les passants. Il s'arrêta, lui fit signe de la main et lui dit : « Gut Morgen ! » La femme de Schiller le salua comme une connaissance.

– Votre mari est-il là ? lui demanda-t-il.

– Oui, dit-elle.

– Mais quand donc n'y est-il pas ?

– Il sort chaque dimanche, répondit la petite sotte.

« Cela est bon à savoir, se dit Pirogov. Il faut en profiter. »

Le dimanche suivant, il se présenta inopinément. Schiller était absent, en effet. Sa femme manifesta une certaine frayeur au premier instant ; mais Pirogov se montra cette fois très prudent et la salua respectueusement, en faisant valoir sa taille fine et souple. Il plaisanta d'une façon fort agréable et pleine de discrétion ; mais la petite sotte ne répondait à ses jolies phrases que par des monosyllabes.

Ayant tout tenté et voyant qu'il ne parvenait pas à l'égayer, le lieutenant lui proposa de danser. Elle accepta aussitôt, car les Allemandes n'aiment rien tant que la danse.

Pirogov fondait là-dessus les plus grands espoirs : tout d'abord, il faisait plaisir à la jeune femme ; puis il avait ainsi l'occasion de montrer l'élégance de ses manières ; ensuite, au cours des danses, on pouvait se rapprocher, embrasser la gentille Allemande et mener l'aventure à bonne fin. Bref, il escomptait un prompt succès.

Il se mit à chantonner je ne sais quelle gavotte, sachant bien qu'avec les Allemandes il fallait agir progressivement. La jolie blonde se plaça au milieu de la chambre et leva un petit pied délicieux. Cela suscita à tel point l'enthousiasme de Pirogov qu'il se précipita sur elle pour l'embrasser. La jeune femme poussa des cris aigus, ce qui ne fit qu'ajouter à son charme aux yeux de Pirogov. Il couvrait déjà son visage de baisers, lorsque la porte s'ouvrit brusquement, livrant passage à Schiller et à ses deux amis, Hofmann et Kuntz. Ces respectables artisans étaient tous trois ivres comme toute la Pologne.

Je laisse au lecteur à juger de la rage et de la stupéfaction de Schiller.

– Animal ! s'écria-t-il, furibond. Comment oses-tu embrasser ma femme ? Tu n'es pas un officier russe, tu es un misérable ! Que le diable t'emporte ! je suis un

Allemand, moi, et non pas un cochon russe. N'est-ce pas, ami Hofmann ? (Hofmann opina de la tête.) Oh ! mais je ne veux pas porter de cornes, moi ! Tiens-le au collet, ami ! Je ne veux pas ! criait-il en gesticulant, tandis que son visage avait pris la teinte rouge vif de son gilet. Je demeure à Pétersbourg depuis huit ans. J'ai une mère en Souabe et mon oncle est à Nuremberg. Je suis un Allemand et non pas une bête à cornes ! Déshabillons-le, ami Hofmann ! Tiens-le par les jambes, Kuntz !

Les Allemands saisirent le lieutenant Pirogov aux jambes et aux bras. En vain essaya-t-il de se débattre : ces trois honnêtes artisans auraient pu figurer parmi les plus solides Allemands que comptait Pétersbourg, et ils agirent avec le lieutenant si brutalement que je ne trouve pas, je l'avoue, les mots nécessaires pour décrire cette triste aventure.

Je suis certain que le lendemain Schiller eut une fièvre violente et qu'il trembla comme une feuille dans l'attente de la police ; il aurait donné Dieu sait quoi pour que les événements de la veille ne se fussent pas produits. Mais on ne peut rien changer à ce qui est arrivé.

Rien n'aurait pu se comparer à la rage de Pirogov. Le souvenir de ce qu'on lui avait fait endurer le rendait presque fou. La Sibérie, le fouet lui semblaient une vengeance insuffisante. Il se précipita chez lui pour s'habiller et se rendre aussitôt chez le général, et lui décrire sous les couleurs les plus sombres la conduite révoltante des artisans allemands. Il résolut de déposer en même temps une plainte par écrit à l'État-Major ; et s'il ne parvenait pas à tirer de cet affront une vengeance suffisamment éclatante, il irait encore plus loin…

Mais tout cela se termina d'une façon bien étrange et inattendue. En route, il entra pour se restaurer dans une pâtisserie et mangea deux gâteaux feuilletés, en parcourant *L'Abeille du Nord* ; il sortit de là quelque peu calmé. La soirée, de plus, était délicieusement douce, et cela lui donna l'envie de flâner un peu dans la perspective

Nevsky. Vers neuf heures, il se sentit plus calme et se dit qu'il n'était pas convenable d'aller déranger le général un dimanche, et que d'ailleurs ce personnage n'était probablement pas chez lui. Il alla donc finir sa soirée chez un ami, inspecteur d'une commission de contrôle, où il retrouva avec plaisir plusieurs officiers de son régiment. Il passa là quelques heures fort agréables et dansa la mazurka avec tant de brio qu'il recueillit les applaudissements des dames et des messieurs !

Le monde est organisé bien étrangement, pensais-je, en flânant il y a trois jours dans la perspective Nevsky et en songeant aux deux événements que je viens de relater. Comme le destin se joue mystérieusement de nous ! Obtenons-nous jamais ce que nous désirons ? Arrivons-nous à réaliser ce à quoi nos facultés paraissent nous prédisposer ? Non ! C'est tout le contraire qui se produit constamment.

La destinée octroie à celui-ci des chevaux admirables, mais il roule en calèche, profondément indifférent et sans prêter nulle attention à la beauté de son attelage ; tandis que cet autre, qui est possédé d'une passion ardente pour la race chevaline, doit se promener à pied et se contenter de claquer de la langue à la vue des trotteurs des autres. Celui-là possède un excellent cuisinier, mais une bouche si petite, par malheur, qu'il est incapable d'avaler plus de deux bouchées. Cet autre a une bouche plus large que l'arc de triomphe de l'État-Major, mais il doit se contenter, hélas ! de pommes de terre. Le destin se joue de nous bien étrangement !

Mais les aventures les plus extraordinaires sont celles qui se déroulent dans la perspective Nevsky. Oh ! n'ayez jamais nulle confiance en ce que vous y voyez ! Je m'enveloppe toujours bien soigneusement dans mon manteau, lorsque je traverse la perspective Nevsky, et tâche de ne pas regarder de trop près ceux que j'y rencontre. Tout n'est que mensonge ici, tout n'est que rêve, et la réalité est complètement différente des apparences qu'elle revêt.

Vous vous imaginez que ce monsieur qui se promène dans des habits si élégants est fort riche ? Pas du tout : il ne possède que ces vêtements. Vous croyez que ces deux personnages obèses, arrêtés devant cette église, discutent de son architecture ? Détrompez-vous : ils admirent ces deux corbeaux qui se tiennent si étrangement l'un en face de l'autre. Vous pouvez croire que cet homme qui agite ses bras, très excité, raconte comment sa femme a jeté par la fenêtre un billet doux à un officier inconnu. Mais non ! il s'agit de La Fayette. Vous croyez que ces dames... Mais ayez encore moins confiance en ces dames qu'en qui que ce soit.

Ne regardez pas tant les vitrines des magasins ! Les objets qu'on y voit exposés sont très jolis, mais ils coûtent un trop grand nombre d'assignats. Mais surtout, que Dieu vous garde bien de glisser vos regards sous le chapeau des dames ! Si bel effet que produise, le soir, en se déployant au loin, le manteau d'une jolie femme, je ne le suivrai point.

Éloignez-vous autant que possible des réverbères et passez votre chemin aussi vite que vous le pouvez. Tenez-vous pour heureux s'ils se contentent d'arroser vos vêtements d'une huile puante. Tout, d'ailleurs, respire ici le mensonge ; elle ment à chaque heure du jour et de la nuit, cette perspective Nevsky ; mais surtout lorsque les lourdes ténèbres descendent sur ses pavés et recouvrent les murs jaune paille et blancs des maisons, lorsque la ville s'emplit de lumières et de tonnerres et que des myriades de calèches passent en trombe au milieu des cris des postillons penchés sur le col de leurs chevaux, tandis que le démon lui-même allume sa lampe et éclaire hommes et choses, qui revêtent alors un aspect illusoire et trompeur.

Librio est une collection de livres à 10F réunissant plus de 100 textes d'auteurs classiques et contemporains.
Toutes les œuvres sont en texte intégral.
Tous les genres y sont représentés : roman, nouvelles, théâtre, poésie.

Alphonse Allais
L'affaire Blaireau
A l'œil

Isaac Asimov
La pierre parlante

Richard Bach
Jonathan Livingston le goéland

Honoré de Balzac
Le colonel Chabert
Melmoth réconcilié

Charles Baudelaire
Les Fleurs du Mal
Le spleen de Paris*

Beaumarchais
Le barbier de Séville

René Belletto
Le temps mort
- L' homme de main
- La vie rêvée

Pierre Benoit
Le soleil de minuit

Bernardin de Saint-Pierre
Paul et Virginie

André Beucler
Gueule d'amour

Calixthe Beyala
C'est le soleil qui m'a brûlée

Alphonse Boudard
Une bonne affaire
Outrage aux mœurs

Ray Bradbury
Celui qui attend

John Buchan
Les 39 marches

Francis Carco
Rien qu'une femme

Calderón
La vie est un songe

Jacques Cazotte
Le diable amoureux

Centenaire de Dracula (Le)
8 histoires de vampires

Muriel Cerf
Amérindiennes

Jean-Pierre Chabrol
Contes à mi-voix
- La soupe de la mamée
- La rencontre de Clotilde

Leslie Charteris
Le Saint
- Le Saint entre en scène
- Le policier fantôme
- En petites coupures

Georges-Olivier Châteaureynaud
Le jardin dans l'île

Andrée Chedid
Le sixième jour
L'enfant multiple
Le sommeil délivré

Arthur C. Clarke
Les neuf milliards de noms de Dieu

Bernard Clavel
Tiennot
L'homme du Labrador

Jean Cocteau
Orphée

Colette
Le blé en herbe
La fin de Chéri
L'entrave

Corneille
Le Cid

Raymond Cousse
Stratégie pour deux jambons

Pierre Dac
Dico franco-loufoque

Didier Daeninckx
Autres lieux
Main courante

Alphonse Daudet
Lettres de mon moulin
Sapho
Tartarin de Tarascon

Charles Dickens
Un chant de Noël

Denis Diderot
Le neveu de Rameau

Dimension fantastique (La)
13 nouvelles fantastiques

Philippe Djian
Crocodiles

Fiodor Dostoïevski
L'éternel mari
Le joueur

Arthur Conan Doyle
Sherlock Holmes
- La bande mouchetée
- Le rituel des Musgrave
- La cycliste solitaire
- Une étude en rouge
- Les six Napoléons
- Le chien des Baskerville
- Un scandale en Bohême
- Le signe des Quatre

Alexandre Dumas
La femme au collier de velours

Claude Farrère
La maison des hommes vivants

Gustave Flaubert
Trois contes
Dictionnaire des idées reçues

Anatole France
Le livre de mon ami

Frison-Roche
Premier de cordée, *2 vol.*

Théophile Gautier
Le roman de la momie

Genèse (La)

Goethe
Faust

Albrecht Goes
Jusqu'à l'aube

Nicolas Gogol
Le journal d'un fou

Frédérique Hébrard
Le mois de septembre

Histoire de Sindbad le Marin

Victor Hugo
Le dernier jour d'un condamné

Henry James
Une vie à Londres

Raymond Jean
La lectrice

Jean-Charles
La foire aux cancres

Franz Kafka
La métamorphose

Stephen King
Le singe
La ballade de la balle élastique
La ligne verte (en 6 épisodes)

Madame de La Fayette
La Princesse de Clèves

Jean de La Fontaine
Le lièvre et la tortue et autres fables

Alphonse de Lamartine
Graziella

Gaston Leroux
Le fauteuil hanté

Longus
Daphnis et Chloé

Pierre Louÿs
La Femme et le Pantin

Howard P. Lovecraft
Les Autres Dieux

Arthur Machen
Le grand dieu Pan

Nicolas Machiavel
Le Prince

Stéphane Mallarmé
Poésie

Félicien Marceau
Le voyage de noce de Figaro

Guy de Maupassant
Le Horla
Boule de Suif
Une partie de campagne
La maison Tellier
Une vie
Pierre et Jean

François Mauriac
Un adolescent d'autrefois

Prosper Mérimée
Carmen
Mateo Falcone
Colomba

Molière
Dom Juan
Les fourberies de Scapin*

Henry de Monfreid
Le récif maudit

Alberto Moravia
Le mépris

Alfred de Musset
Les caprices de Marianne

Gérard de Nerval
Aurélia

Ovide
L'art d'aimer

Charles Perrault
Contes de ma mère l'Oye

Platon
Le banquet

Edgar Allan Poe
Double assassinat dans la rue Morgue
Le scarabée d'or

Alexandre Pouchkine
La fille du capitaine
La dame de pique

Abbé Prévost
Manon Lescaut

Ellery Queen
Le char de Phaéton
La course au trésor

Henri Queffélec
Un recteur de l'île de Sein

Raymond Radiguet
Le diable au corps
Le bal du comte d'Orgel

Vincent Ravalec
Du pain pour les pauvres

Jean Ray
Harry Dickson
- Le châtiment des Foyle
- Les étoiles de la mort
- Le fauteuil 27
- La terrible nuit du Zoo
- Le temple de fer
- Le lit du diable
- L'étrange lueur verte
- La bande de l'Araignée

Jules Renard
Poil de Carotte
Histoires naturelles

Arthur Rimbaud
Le bateau ivre

Edmond Rostand
Cyrano de Bergerac

Marquis de Sade
Le président mystifié
Les infortunes de la vertu

George Sand
La mare au diable

Erich Segal
Love Story

William Shakespeare
Roméo et Juliette
Hamlet
Othello
Macbeth*

Sophocle
Œdipe roi

Stendhal
L'abbesse de Castro

Robert Louis Stevenson
Olalla des Montagnes
Le cas étrange du Dr Jekyll et de M. Hyde

Bram Stoker
L'enterrement des rats

Erich Segal
Love Story

Anton Tchekhov
La dame au petit chien

Ivan Tourgueniev
Premier amour

Henri Troyat
La neige en deuil
Le geste d'Eve
La pierre, la feuille et les ciseaux
La rouquine

Albert t'Serstevens
L'or du Cristobal
Taïa

Mark Twain
Trois mille ans chez les microbes

Vātsyāyana
Les Kāma Sūtra

Paul Verlaine
Poèmes saturniens *suivi des* Fêtes galantes

Jules Verne
Les cinq cents millions de la Bégum
Les forceurs de blocus
Le château des Carpathes

Vladimir Volkoff
Nouvelles américaines
- Un homme juste
- Un cas de force mineure

Voltaire
Candide
Zadig ou la Destinée
L'ingénu*

Emile Zola
La mort d'Olivier Bécaille
Naïs
L'attaque du moulin*

** Titres à paraître*

Librio
Le livre à 10 F
120

Achevé d'imprimer en Europe
à Pössneck (Thuringe, Allemagne)
en juin 1997 pour le compte de EJL
84, rue de Grenelle 75007 Paris
Dépôt légal juin 1997
1er dépôt légal dans la collection : mai 1996

Diffusion France et étranger : Flammarion